KB110337

작가, 업계인,
철학자, 스파이

작가,
업계인,
철학자,
스파이

김영준
에세이

민음사

어머니에게 드립니다.

버스에서 우린 웃으며
승객들과 게임을 했는데
그녀는 개버딘 정장을 입은 남자가 스파이로 보인다고 했고
나는 "조심해. 그 남자 나비넥타이, 실은 카메라야."라고 말했다.

— 폴 사이먼, 「아메리카」

아마 독자들은 작가, 업계인, 철학자, 스파이가 서로 어떤 연관을 갖고 있는지를, 즉 제목의 의미를 알고 싶을 거라고 생각된다. 나로서는 그런 의미는 제목에 갇힌 네 명사가 자동으로 발생시키기를, 다시 말해 독자들이 찾아 주기를 바라는 편이었다. 아마 이 제목이 '인간 존재의 네 가지 형식'을 뜻한다는 식으로 제법 그럴듯한 포장을 할 수는 있을 듯하다. 제목이 실제로 그런 기대를 불러일으키기 때문이다. 그러나 이는 선언일 뿐이지 왜 그런지 해명하는 과제는 여전히 남아 있다.

카를 마르크스는 한 인간이 기분 전환 하듯 사냥꾼, 어부, 목동, 비평가의 활동을 다 할 수 있는 체제를 상상했다. 이 상상의 가공할 점은 열거된 네 직업이 모두 비유가 아니라 그 이름이 가리키는 활동 그대로라는 것이다. 분명 우리는 그런 체제에 살고 있지 않다. 직업 하나가 내 존재의 지분 대부분을 집어삼키는 삶을 산다. 내가 깨달은 것은 이 것이 우리의 정직한 조건이라는 점이다. 사냥꾼, 어부, 목동, 비평가가 되었든, 작가, 업계인, 철학자, 스파이가 되었든 네 개의 명사 모두를 모호한 비유로 만들지 않으려면 글자 그대로의 뜻인 것, 압도적으로 지배적인 것이 하나가 있어야 한다. 그것은 자기 직업일 수밖에 없다. 직업 작가라면 '작가'가 그러하며 그에게 나머지 세 항목은 이차적인 것, 비유로 존재하는 것일 따름이다. 어떤 사람이든 네 명사가 각각 25퍼센트의 지분을 점하는 일은 실질적으로도 은유적으로도 가능하지 않다.

내 입장에서 출발점은 '업계인'이다. 업계인은 작가와 철학자와 스파이를 제외한 모든 직업에 종사하는 사람이다. 내가 업계인이다. 이런 말을 쓰니 좀 이상한 기분이 들지만 아무튼 직업적으로, 사회적으로, 실체적으로 나는 분명히 업계인이다.

'스파이'는 업계인에 완전히 포획되지 않은 내 존재의 나머지 부분을 말한다. 그것은 그 자체로는 보이지 않다가 업계인을 매개로 해서만 모습을 드러낸다. 예컨대 회사에서 내 줄 생각이 없는 책을 어떻게 은근슬쩍 끼워서 낼 수 없을까 궁리하는 것이 스파이다. 여기에서 스파이를 개인의 순진한 욕망처럼 생각할지 모르겠는데 꼭 그런 건 아닌 것 같다. 스파이는 곧 교활해지고, 업계인이 순진함을 대신 담당하게 되는 역전이 일어나기 때문이다.

'작가'는 내게 독서를 의미한다. 내 경우 몇 년 전부터 글쓰기도 의미하게 되었지만 이건 우연이다. 내 직업에서는 업계인과 불가분의 관계를 맺고 있다. 그러나 실은 스파이와도 비밀스러운 관계를 갖고 있고, 더 중요해 보이는 것은 후자와의 관계이다. 이 책에서 언급된 작품이나 작가들 대부분은 스파이로서 읽었던 것이지 업계인으로 읽은 것 같지는 않기 때문이다. 알다시피 업계인으로서 읽었던 책은 그리 인용하게 되지 않는다.

'철학자'는 내게 생각을 의미한다. 이는 평소의 일을 할 때도, 뭔가를 몰래 궁리할 때도, 책을 읽을 때도 필수적인 행위의 인격화이다. 물론 나는 평소에는 뭐든지 철학이라고 갖다 붙이는 어법을 쓰지 않으려고 노력한다. 여기에서 말하는 것은 제목에 등장한 '철학자'의 은유적 의미일 뿐이다.

이렇게 하면 각각의 요소가 나머지 세 요소와 모두 관계를 가질 수 있다. 그런 관점에서 본문을 보면, 거의 모든 글에 이 요소들이 조금씩은 다 들어 있기는 하다는 생각이 든다.

이 책은 지난 오 년간 써 온 글들을 모은 것이다. 이번 기회에 다시 손을 보거나 분량을 늘린 것들도 있다. 제목 『작가, 업계인, 철학자, 스파이』는 존 르카레의 장편소설 『팅커, 테일러, 솔저, 스파이』(1974)에서 아이디어를 차용한 것이다. 어떤 의무감에서 이렇게 명시하고 있지만, 지금 이 출전을 알아보지 못하는 분이 많을 거라고 생각하지는 않는다. 이런 제목을 달아 애정을 표시한다고 해서 원작에 피해가 가지는 않을 듯하다.

이 책은 4부로 이루어져 있다.

1부 '작가'는 작가나 문필가, 넓은 의미의 문학과 관련된 이야기들이다. 이 책 전체가 대체로 그런 편이지만 특히 여기 실린 글들은 인상적이었거나 좀 웃기게 생각됐던 에피소드에서 출발한 것이 많다. 몇몇 작가들, 보르헤스, 토마스 만, 그레이엄 그린 등은 이 책에 너무 단골로 등장시키지 않았나 싶기도 하고, 폴린 케일이나 윌리엄 트레버에 대한 글처럼 팬으로서의 마음이 너무 드러나 버린 것도 없지 않다. 이런 개인적이고 편향적인 시선이 문학에 대한 독자의 시들해진 호기심을 다시 자극하는 데 도움이 된다면 물론 너무 기쁠 것이다.

2부 '업계인'은 직장에서 일하는 것과 관련된 경험들을 다룬다. 나는 업계인이라는 말이 가진 뭔가 구석의, 지금보다 덜 유동적인 사회에서 통용되었을 법한, 블루칼라적이면서도 계급이 사라진 듯한 느낌을 좋아한다. 몇 년 전까지 업계인이라는 말은 적어도 출판계에서는 듣기 힘든 말이었다. 착각이 아니라면 지금은 그때보다는 자주 듣게 되었다고 느낀다.

3부 '철학자'는 철학과 관련된 이야기들로 이루어져 있다. 비겁하게도 나는 철학자라는 말이 책 제목과 부 제목에 들어간 것을 별로 반대하지도 않았으면서 이제 와서 걱정하고 있다. 나는 철학 전공자가 아니다. 따로 공부한 적도 없다. 혹시라도 여기에 칸트나 하이데거 사상의 요약 설명이 있을 거라고 기대하지 말기 바란다. 단지 철학자들에 대한 비철학적 사실이나 간단한 인용구들, 그에 대한 즉흥적인 해석은 볼 수 있을 것이다.

4부 '스파이'는 실제 스파이, 스파이 소설, 스파이라는 관념 — 우리가 처한 어떤 보편적인 상황이나 삶의 특별한 국면에 대한 비유로서의 — 에 대한 글들이다. 지금 이 책의 교정지를 보고 있는데, 대체 무슨 일을 겪었기에 별 상관없는 주제의 글에 스파이가 나오거나 도망, 감시, 은폐, 배신 등등의 주제가 단골로 튀어나오는지 독자가 의문을 가질 수도 있겠다는 생각이 처음 들었다. 내가 할 수 있는 말은 사람을 밑도 끝도 없이 그렇게 만드는 게 문학의 힘이라는 것이다. 나는 어린 시절 에릭 앰블러와 르카레의 소설에 매료되었다. 당시 번역된 게 많지는 않았지만 말이다. 그러니 이 책에 실린 글들과 제목까지 어린 시절부터 이어진 집착이 작용하고 있는 것이다.

글쓰기를 육상선수의 자세로 해야 하며 어슬렁거려서는 안 된다고 했던 베냐민이 몰두한 주제가 산책자였던 것은 내게 늘 재미난 아이러니로 생각된다. 낭비하는 동작 없이 결론으로 질주할 것. 한눈을 팔아서도 안 되고 방금 떠올린 하찮은 생각을 적느라 시간을 낭비해서도 안 됨. 그의 이런 스파르타적인 규칙은 실용적인 조언이라기보다 하나의 사상에 가깝다.

나는 베냐민의 글쓰기 규칙을 흠모해 왔지만 이 책에 실린 글들은 그런 것과 거리가 많이 떨어져 있다. 나는 질주할 결론이 뭔지 몰랐다. 늘 쓰면서 알아봐야 할 문제로 생각했을 뿐이다. 쓰다가 결론 부분에서 생각이 바뀐다면— 대체로 그랬는데— 바뀌었음을 보이게 해 놓았지 최종적인 생각에 맞춰 글을 처음부터 다시 쓰거나 다림질하는 일은 별로 하지 않았던 것 같다. 이유는 그때든 지금이든, 누가 쓴 글이든, 그 최종적인 생각을 내가 너무 심각하게 여기게 되지는 않기 때문이다. 마지막으로 도달된 생각이란 건 글자 그대로 믿기에는 너무 가변적이며, 글쓴이의 관심과 톤— 거짓말하기 어렵고 대개 평생 변치 않는 것들인— 보다 중요성이 있다고 생각되지 않는다. 또 다른 이유는 생각의 커브와 교체를 보존하고 있는 울퉁불퉁한 글이 내게는 훨씬 입체적이고 흥미롭게 여겨지기 때문이다.

아마 이런 비유를 들 수도 있을 것이다. 어떤 피아니스트들은 모두가 아는 곡들을 마치 자기는 지금 처음 쳐 본다는 듯이 머뭇거림과 놀라움을 드러내며 연주하고는 한다. 완벽한 기교를 과시하는 연주보다 늘 더 많은 흥미를 주는 건 그들의 연주이다. 왜냐하면 그들이 제공하는 것은 정교하게 배치된 정지 화면이 아니라 어떤 일이든 일어날 수 있을 것 같은 커다란 극장이기 때문이다.

2023년 5월
김영준

차례

들어가는 말 · 9

일러두기

1 단행본은 『 』로, 논문, 기사, 영화 등 개별 작품은 「 」로, 잡지 등 연속간행물
은 《 》로 표시했다.

2 외래어 표기는 국립국어원의 외래어 표기법을 따랐으며 일부 관례로 굳어
진 것은 예외로 두었다.

1
–
작가

마르틴손 사건

하리 마르틴손이라는 이름을 기억하는 사람도 있을 것이다. 1974년 노벨문학상 수상 직후 몇 권의 책이 국역되고 그 뒤에는 더 출간되지 않았다. 노벨상 받은 것 말고는 딱히 돋보이는 이력이 없는 작가가 드문 것은 아니지만 마르틴손은 조금 특별하다. 아마 그보다 불행한 노벨상 수상 작가는 없을 것이기 때문이다.

1960년대부터 노벨상 위원회는 세 작가의 존재에 골머리를 앓기 시작했다. 러시아에서 미국으로 간 블라디미르 나보코프, 영국의 그레이엄 그린, 아르헨티나의 호르헤 루이스 보르헤스. 이 셋은 위협적으로 유명해서, 잘 처리하지 못하면 상의 권위에 흠집을 낼 수 있을 정도였다. 1965년 이들 모두가 최종심에 올랐다. 그러나 수상자는 『고요한 돈강』을 쓴 소련의 미하일 숄로호프였다. 『고요한 돈강』은 노벨상 수상작들 중 유례를 찾기 힘든 표절작이다.

노벨상은 기다리는 작가도 많지만, 기다리는 국가와 언어도 많다. 숄로호프의 수상 이유가 무엇이든 러시아 망명 귀족 나보코프의 차례는 멀어졌다. 1967년 『대통령 각하』의 미겔 아스투리아스가 수상하면서 보르헤스의 차례가 멀어졌다. 이때 그린은 세 번 연속으로 최종심에 오른 상태였다. 1971년 파블로 네루다의 수상으로 보르헤스는 적어도 노벨상 위원회가 총애하는 라틴아메리카인은 아님이 드러났다. 1974년 나보코프, 그린, 솔 벨로가 최종심에 올랐다. 보르헤스도 이 명단에 있었는지는 증언이 엇갈린다.

영국은 1953년 처칠 이후 이십 년 넘게 수상자를 배출하지 못한 상태였으므로 그린의 수상 가능성이 높아 보였다. 지금은 영원한 노벨상 후보로 보르헤스를 생각하는 경향이지만, 1970년대 한국인에게 물어보면 다들 그린을 떠올렸을 것이다. 그러나 수상자는 스웨덴의 에위빈드 욘손과 하리 마르틴손이었다.

스웨덴의 노벨문학상 수상자는 여덟 명이다. 운영 주체를 생각하면 놀라운 숫자는 아니다. 이런 스칸디나비아 프리미엄은 오히려 외국인이 비판하기 어려운 것이기도 하다. 번역으로는 알 수 없는 세계가 있기 때문이다. 그러나 1974년 수상자들은 자국에서 환영받지 못했고 신랄한 조롱을 받았다. 두 작가 모두 노벨상 선정 기관인 스웨덴 아카데미의 회원이었기 때문이다. 즉 이들은 요즘 말로 셀프 추천과 교환 추천, 그리고 셀프 선정 의혹의 주인공이 된 것이다. 사태의 진실은 2024년 관련 문서가 비밀 해제되면 밝혀질지도 모르겠다. 그러나 문서철에서 딱히 불미스러운 점이 발견되지 않는다 해도, 노벨상 위원회가 자기 회원들에게 상을 안긴 사실 자체는 뒤집히지 않는다. 그것은 그저 권위 있는 상이 아니라 하나의 만신전이고 전 세계인이 국민적 자존심을 걸게 된 이 특별한 상에 썩 어울리는 그림이 아니었다.

섬세한 성품의 마르틴손은 언론과 평론가들의 냉대에 괴로워하다가 1978년 스스로 목숨을 끊었다. 가위를 사용한 끔찍한 자살이었다. 그는 노동자 출신으로, 본래 시인이다. 그의 단편소설 중에는 환상적이고 분위기가 아주 묘한 것이 있어서 가끔 꺼내서 읽어 보곤 한다.

공동 수상자 욘손은 1976년 타계했다. 그해 솔 벨로는 노벨문학상을 손에 쥐었다. 다음 해 나보코프가 노벨상을 받지 못한 채 타계했다.

보르헤스는 1986년 타계했다. 그는 1976년 칠레의 독재자 피노체트와 악수하며 덕담을 나눈 일이 있는데, 이후 수상 가능성은 물 건너간 것이 되었다고 한다. 물론 알 수 없는 이야기다.

그린은 노벨상을 받지 못한 채 1991년에 타계했다.

스웨덴인들이 자국인을 노벨문학상 수상자로 뽑은 것은 마르틴손 이후 거의 40년이 지난 2011년의 일이었다.

무수한 불행과
하나의 행복 사이에서

바람기 때문에 곤경에 처한 스티바가 오랜만에 친구 레빈을 만난다. 식사 중 스티바는 '죄 없는 자가 저 여자에게 돌을 던지라'는 모두가 잘 아는 성경 이야기를 언급한다. 레빈은 역정을 낸다.

"아아, 그만하게! 사람들이 그 말을 악용할 줄 알았더라면, 그리스도는 그 얘기를 입 밖에 내지도 않았을 걸세."

앞으로 이 책에서 여러 등장인물이 이 구절을 언급할 것이다. 그러나 적어도 자기는 돌을 던지지 않는다는 것을 확인받기 위해서가 아니라, 이 일화가 소비되는 방식 자체를 문제 삼으며 말하는 사람은 레빈이 유일하다.

스티바의 동생 안나의 이야기는 그 성경 일화 못지않게 유명해졌다. 지금 『안나 카레니나』를 가장 위대한 소설 중 하나라고 하는 건 딱히 열렬한 찬사가 되기도 힘들 것이다. 2007년 영미 작가 125명의 투표에서도 『안나 카레니나』는 최고의 소설 1위를 차지했다. 언젠가 지드는 쓴 적이 있다. "톨스토이가 이런 책을 또 쓸 수 있었다면, 말년의 예술 부정론은 없었을 것이다."

일본 최초의 원전 번역이 나온 건 1921년이다. 1969년에 나온 동완 번역의 정음사판은 만일 그전에 나온 북한판이 없다면(없는 듯하다.) 최초의 한국어판이다. 뒤이은 1972년 박형규(신구문화사), 1983년 이철(주우) 역본은 출판사를 바꾸어 지금도 쇄를 거듭하는 현행판이다. 그 뒤에도 꾸준히 새 번역들이 나타났고, 내가 몸담았던 회사에서도 2018년 신역본 하나를 추가했다.

편집을 거들면서 가장 뜻밖이었던 것은 이 책의 강렬한 종교성이었다. "원수 갚는 것은 내가 할 일이니 내가 갚아 주겠다."(로마서 12:19) 이 제사의 의미는 뭔가? 주님이 다 알아서 하실 것이니 인간들이 굳이 나서서 불행한 여인에게 돌을 던지지 말라는 뜻일까? 토마스 만은 우리가 이런 착한 해석을 따를 경우 모순을 피할 수 없다고 말한다. 우리는 안나가 사교계에서 겪는 온갖 모욕과 추방을 신이 주는 벌과 구별할 수 있을까? 다르다면 뭐가 달라야 할까? 신의 역사(役事)는 사실 어리석고 잔인한 인간들을 동원하는 식으로 이루어지는 게 아닐까? 그렇다면 이 제사의 본뜻은 '어떤 벌을 받는지 보라'가 될 것이고, 우리는 이야기의 압력이 미칠 듯이 상승한 것을 보게 된다. 왜냐하면 신의 개입이 선언된 이야기에서 필연적이지 않거나 무의미한 것은 하나도 없을 것이고, 모든 미세한 행위들은 동등한 중요성을 가지고 결말로 날아가게 될 것이기 때문이다.

"모든 행복한 가정은 서로 닮았고, 모든 불행한 가정은 제각각으로 불행하다." 유명한 첫 구절인데, 핵심은 그 닮음의 실체가 뭔지 작가가 안다는 것이다. 행복한 가정들은 닮았다. 신의 은총이라는 단일한 공통 요소가 있기 때문이다. 그게 없으면 제각각의 인간, 제각각의 불행만 남을 뿐이다. 행복이란 무엇인가? 신의 은총. 1000페이지가 넘는 책인데 첫 줄에 할 말을 다 써 놓고 시작했다!(문호는 이렇게 해도 되는 것이다.) 그럼 이제 어떻게 하라는 것인가?

그런데 여기에서부터는 그리 명확하지 않다. 우리는 안나와 브론스키, 레빈과 키티라는 대조적인 커플을 보면서 불행한 전자의 길을 버리고 행복한 후자의 길을 가야 한다고 생각할 수는 있을 것이다. 그러나 작가조차 그렇게 확신했을지는 의문이다. 은총이란 주어지는 것이지 노력해서 얻을 수 있는 게 아니지 않은가. 레빈의 행복의 길은 편안하지 않다. 회의와 고투로 가득 차 있다. 결국 그는 행복을 획득하지만, 그 행복이 애초에 남의 것이었을 리는 없다. 누구든 자기 앞에 놓여 있는 것만 가져올 수 있을 뿐이다. 독자는 안나 앞에 그런 행복이 주어지지 않았던 것을 떠올리고, 적어도 파멸은 면하게 해 주었을 수습책들을 그녀가 계속 거부하던 것도 떠올리게 된다. 자기에게 허락된 몫이 없다면— 아마 어느 순간 그녀는— 어차피 마찬가지라고 생각했던 것 아닐까. 그런 결말도 있을 거라고 작가 역시 생각했던 것 아닐까.

가짜 도스토옙스키

십 년 전 《뉴욕 타임스》의 미치코 가쿠타니는 새로 나온 찰스 디킨스 전기의 서평을 썼다. 글은 그녀가 책에서 꽤 인상적으로 읽은 일화로 시작한다.

1862년 런던에 들른 도스토옙스키는 디킨스를 방문했다. 대화 중 디킨스는 털어놓았다.

"내 속에는 두 명의 사람이 있습니다. 한 사람은 마땅히 가져야 할 도덕을 지닌 자이고, 또 한 사람은 그와 완전히 반대입니다. 전자는 내 삶에 지침을 주고, 후자는 사악한 등장인물의 소재가 됩니다."

도스토옙스키가 반문했다. "단지 두 명뿐이라고요?"

도스토옙스키 연구자들은 이 일화에 별로 감명받지 않았다. 여러 사람이 신문사에 편지를 보내 이 금시초문인 이야기의 출처를 검증해 달라고 요구했다. 당황한《뉴욕 타임스》는 기사의 인터넷판에 이 일화의 진정성이 논란이 되는 중이라고 주를 달았다. 역시 당황한 디킨스 전기의 저자는 이 일화를 학술지 논문에서 봤으며, 이를 재인용한 연구자는 자기뿐이 아니라고(이미 두 권의 디킨스 연구서에도 들어갔다.) 밝혔다. 물론 저자는 이 일화가 무심코 지나치기에는 너무 매력적이었다고 인정했다. 문제의 논문은 2002년 디킨스 학회지에 투고된 것이었는데, 필자의 신원은 석연치 않았다. 학회지의 편집자가 아는 것은 필자가 '프리랜서 작가'라는 것뿐이었다. 그가 실존 인물이기나 한지조차 아무도 몰랐다. 이리하여 학술 세계에서 보기 힘든 탐정 놀이가 시작되었다.

이 기이한 사건의 전말은 2013년《타임스 리터러리 서플러먼트》에 실려 있다. 한마디로 서두의 디킨스-도스토옙스키 회동은 완전히 허구다. 창작자는 노년에 접어든 무명의 역사학자이자 작가임이 밝혀졌다. 그는 주목받지 못한 자신의 논저와 소설들을 찬양할 목적으로 십여 개의 필명을 지어내 서평을 투고해 왔다. 별 성과가 없었다는 점만 빼면 수십 년간 이 불장난은 딱히 위험하지 않았다. 그러나 도스토옙스키를 곁가지로— 왜 그랬을까? — 건드리면서 그는 꼬리가 밟히게 되었다.

공론의 장에 유통되는 가짜 인용구의 비율이 얼마나 되는지는 알 수 없다. 꽤 많을 것으로 짐작될 뿐이다. 가짜 인용구를 소셜미디어에 올리는 일은 간단하지만, 이를 논문에 넣어 학술지의 심사를 통과하는 것은 최고난도의 작업처럼 보인다. 그러나 이것도 사정을 잘 아는 전문가가 방법을 궁리하면 불가능하지 않음이 증명되었다. 예컨대 위조자는 자기가 투고할 학회지의 영문학자들이 러시아어를 모르고, 러시아어 문헌 출전을 확인할 리도 없다고 예상했다. 예상은 적중했다. 그리고 그는 영문학자들이 도스토옙스키의 생애나 성격에 대해 별 지식이 없을 거라고 예상했다. 좀 아슬아슬한 도박이지만 이 예상도 맞았다. 반면 러시아 문학자들은 단박에 디킨스-도스토옙스키의 회동 자체가 말이 안 된다고 생각했다. 그런 기록을 본 적도 없을뿐더러, 도스토옙스키처럼 상대하기 힘든 성품의 사람이 다른 작가와 저런 내밀한 이야기를 나누는 장면은 도무지 있을 법하지 않았다. 위조자는 도스토옙스키 관련한 불장난이 러시아 문학자들 눈에 띌 경우 닥칠 위험을 예상하고 있었다. 그래서 그는 논문 제목에는 도스토옙스키를 넣지 않는 조심성을 보였다. 탈이라면 이게 인기가 좋은 바람에 여기저기 인용되어 버린 것이다.

가짜 인용의 피해자가 되지 않는 가장 확실한 방법은

본인이 읽고 확인한 구절만 인용하는 것이겠다. 그러나 이건 시간과 노력이 꽤 드는 일이다. 급한 대로 쓸 수 있는 방법이 없지는 않다. 인용구 앞뒤에 '흔히 말해지는 바에 따르면' '어디에 뭐라는 구절이 있다고 하던데' 등의 말을 첨가하는 것이다. 불확실한 것은 불확실한 채로 남긴다. 딱히 동조하는 인상도 주지 않는다. 그럴 거면 인용을 왜 하느냐고 물을 수도 있겠다. 그래도 나중에 본인이 체면을 구기는 것보다는 낫다.

서부극 이야기

전 세계를 향해 세 시간 동안 무제한의 국가 프로파간다를 행할 기회가 있다면 뭘 해야 할까? 답은 자국 유명 문화 예술인들을 총출동시켜서 보여 주는 것이다. 올림픽 개막식과 폐막식을 보면 어느 나라도 그 이상 좋은 수는 내지 못한 듯하다.

2012년 런던 올림픽은 전 세계를 지배해 온 영국 팝 음악에 집중했다. 우리 무의식에 박혀 있는 히트곡과 스타 들 오십 년 치를 분 단위로 토해 내는 비현실적인 장관에 현기증이 일 정도였다. 2014년 소치 동계올림픽은 고전 작가들을 전면에 내세웠다. 수만 명이 운집한 경기장에 톨스토이와 도스토옙스키의 얼굴이 등장하는 것을 보는 것은 드문 경험이었다.

작가

그런데 러시아인들은 폐막식 메들리에 뜻밖의 메뉴를 슬쩍 끼워 놓았다. 고전 러시아 음악들 사이에 미국 영화 「자이언트」(1956)의 주제곡이 삽입되었던 것이다. 알다시피 이 영화는 제임스 딘의 마지막 출연작. 무일푼의 텍사스 카우보이가 유전을 발견해서 재벌이 되지만 원하는 여인의 사랑은 끝내 얻지 못한다는 극히 미국적인 주제의 영화이다. 그런데 작곡가가 러시아 출신의 디미트리 티옴킨이다.

티옴킨은 흥미로운 인물이다. 페테르부르크 음악원에서 공부했고 혁명 후 미국으로 건너가 영화음악 작곡가가 되었다. 오스카상을 네 번 받았다. 그의 장기는 서부극이었다. 「하이 눈」, 「OK 목장의 결투」, 「리오 브라보」, 「알라모」 등 고전 서부극은 이 러시아인에게 빚을 지고 있다. 「자이언트」나 「알라모」 주제곡을 다시 들으면 여전히 미국 음악 같으면서도 러시아 합창 음악 비슷한 요소가 떠오른다. 소치 올림픽 폐막식은 전 세계로 송출되었지만 「자이언트」 부분만은 미국을 정조준해서 발사된 것이라 봐도 무방할 것이다.('보고 있나 미국인들? 러시아에 감사하시지!') 텍사스 비공식 주가(州歌)라 할 이 음악이 나오자 많은 텍사스 사람들이 혼란을 느꼈다고 한다. 러시아인들은 그 순간 텍사스 재벌 조지 부시 가문이 미국을 통치하고 있지 않은 게 아까웠을 것이다.

미국적인 것에 대한 러시아인의 기여를 일방적으로 과장할 수는 없다. 예를 들어 일본인도 서부극에 기여했으니 말이다. 구로사와 아키라의 영화 여럿은 사무라이 웨스턴 즉 일본 옷의 서부극이다. 「7인의 사무라이」(1954) 등을 미국인들은 감탄하며 역수입했고 이후 서부극 장르에는 구로사와의 영향이 감지된다. 여기까지는 통상적인 설명이지만, 과연 미국인들은 구로사와의 무엇에 끌린 것일까? 실은 이미 갖고 있는 것들이 아니었을까?

말년의 인터뷰에서 구로사와는 「7인의 사무라이」의 여러 원천 중 하나로 알렉산드르 파데예프의 『궤멸』(1927)을 들었다. 파데예프는 스탈린 시대 어용 작가로, 『궤멸』은 내전기 파르티잔 이야기이다. 그 이상의 언급은 없으나, 구로사와는 이십 대에 일본 프롤레타리아 예술가 연맹 시절 이 책을 읽었을 것이다. 다시 읽었을지는 모르겠다. 1980년대 한국에도 번역되었지만 읽기가 좀 힘든 소설이니까. 그러나 이념과 설교를 걷어 내면, 모습을 드러내는 건 인디언과의 전투에서 대대가 전멸한다는 제7기병대 류의 서부극이다. 무대가 러시아 극동일 뿐이다. 19세기 말부터 서부 소설 붐이 일었던 러시아는 토착 웨스턴인 오스테른(동부극)이 나올 정도였다. 할리우드에 온 티옴킨이 서부극에 적응할 수 있었던 데에는 이런 배경이 있었던 것이다.

문화는 서로 모방하면서 영향을 주고받는다. 물론 연원과 소유권을 따지는 게 부질없는 일이 되지는 않을 것이다. 그러나 자명해 보이는 장르도 조금 더 살펴보면 누가 누구를 모방했는지, 무엇이 누구로부터 비롯되었는지 결국 알 수 없게 되는 순간이 있는 것도 사실이다.

나와 같은 생각

추리소설의 황금기인 1920년대까지 명탐정은 대체로 신과 같은 능력을 지닌 고독한 천재들이었다. 인간이 풀 수 없을 것 같은 기괴한 사건을 해결해야 했으므로 이는 필요한 자격이었다.

그러나 어느 순간부터 작가들은 이런 식으로 계속할 수 없다는 것을 깨달았다. 탐정 이야기가 너무나 허황되고 천편일률적이 되다 보니 독자들이 외면해도 이상하지 않은 상황이 오고 만 것이다. 그래서 나온 개선책이 동화 같은 살인이 아니라 현실적인 범죄를 제시하고, 이를 평범한 탐정이나 형사가 해결하게 하는 것이었다. 추리소설이 신화에서 소설이 되는 순간이었다. 사실 이들 주인공도 겉보기처럼 평범하지는 않았다고 할 수도 있겠다. 천재가 아니라는 것

뿐이지 도덕성이나 용기를 보면 일반인들이 추종하기 어려운 경우가 많았으니 말이다. 아무튼 1920년대 개혁가들에 의한 수술은 성공을 거두어, 추리소설은 생명이 연장되고 백 년이 지나도록 번영하는 장르가 되었다.

천재 탐정 대신 일반인을 주인공으로 내세워도 괜찮다면, 평균적 일반인보다 훨씬 결함이 많은 사람에게도 기회를 주는 건 어떨까? 실제로 이런 실험을 해 본 작가들이 있었다. 1960년대 영국 작가 조이스 포터가 창조한 도버 경감은 역사상 최악의 무능 탐정으로 불린다. 그는 능력도 최악이지만 성품도 그에 못지않은, 한마디로 동료로는 악몽과 같은 인물이다. 사건은 도버의 활약에 의해서가 아니라 우연과 걷잡을 수 없는 소동에 의해 해결되기 마련이다. 도버 시리즈는 성공을 거두었지만 이로써 무능 탐정의 전성시대가 열리지는 않았다. 이건 어디까지나 농담이었지 추리소설을 좀 더 현실에 접근시키는 시도는 아니었기 때문이다.

도버의 수사 기법은 런던 경찰청 내에서 모르는 사람이 없을 정도인데, 간결하다는 장점이 있다.

"남편이 살해되었다면 범인은 아내야!"

"아니 꼭 그렇게 볼 수는 없죠." 부하가 참을성 있게 대꾸한다.

"십중팔구는 그래."

"네, 그래도 나머지 일 할의 경우가 있잖습니까!"

"자네가 열 건의 살인사건 중 아홉 건을 해결해 보게. 서른 살이 되기 전에 경시총감이 될걸."

이런 설정이 좀 뻔하게 느껴질지 모르지만 실제 소설은 분위기가 묘하다. 도버가 덮어놓고 찍은 용의자가 왠지 페이지를 넘길수록 점점 더 진범 같아 보이기 시작하기 때문이다. 그런데 그게 문제이다. 저 인간이 내린 결론이 정답이면 안 되잖아? 분명히 무슨 속임수가 있겠지! 독자가 도버와 자신의 판단이 일치하는 사태를 받아들이지 못하고 갈팡질팡하는 사이 소설은 대단원으로 접어들게 된다.

독자의 신중함이 잘못된 게 아니다. 혐오스럽거나 도저히 찬성할 수 없는 인물이 어떤 문제에 대해 나와 같은 생각이라면 그건 당혹스러운 일인 게 맞다. 어떤 비틀린 논리가 그를 인도했을지 모르며, 혹은 지금까지 내가 그를 오해한 것일 수도 있으니 말이다. 적어도 소설을 읽을 때 우리는 모든 가능성을 열어 놓고 전체를 고려하는 것이다. 독자라는 건 얼마나 순수하고 공정한 자리인가. 현실에서는 보통 이러지 않는다. 몇 가지 이유가 있는데, 첫째는 나 자신을 돌아볼 필요 없이 '그 악당도 진실에 굴복했다'고 간단히 정리하면 되기 때문이다. 둘째는 그가 정치적으로 반대 진영에 있는 경우, '그 악당조차 그 문제는 그렇게 생각한다'는 데에서 특별한 정치적 가치가 생기기 때문이다. 이 가치는 너무 매력적이라 우리 편에서 알뜰히 이용하지 않기가 어렵다. 이를 도버식 대화로 옮기면 이렇게 된다.

"악당도 우리같이 말했다면 그 말은 백 퍼센트 옳아!"

"그럼 이제 악당도 우리 편인가요?"

"미쳤나? 절대 아니지."

우리의 현실 판단은 크게 믿을 바가 못 된다. 우리의 판단력이란 책 읽을 때 쓰려고 최적화되어 있는 듯하다.

찬사의 가치

비틀스의 음악이 '음악적으로' 훌륭하다는 것은 초기부
터 인정되었다. 비틀스가 아직 십 대들의 밴드로 여겨지던
1963년 보수적인 일간지 《더 타임스》의 음악 평론가는 레
넌과 매카트니를 '올해의 걸출한 영국 작곡가'로 꼽은 뒤, 그
들의 우수성을 '온음계' '하중음' 등 전문 용어로 분석한 기
사를 썼다. 이 기사는 비상한 관심을 끌어, 기자들은 마침내
레넌과 매카트니에게 이에 대해 어떻게 생각하느냐고 물어
보기에 이르렀다.

　대답을 듣기 전에 잠시 비틀스의 현재 위상을 짚어 보
자. 2020년 미국 통계에 의하면 100만 장의 앨범 판매(디지
털 판매를 보정한)를 달성한 팝 아티스트는 단 둘이다. 하나
는 한국의 BTS이고, 또 하나는 오십 년 전에 해산한 비틀스

이다. 20세기 클래식 음반 업계를 총정리한 책에서 레브레 히트는 비틀스 음반 매출은 간단히 전체 클래식 음반 매출의 총합과 같다고 썼다. 지금 클래식 공연장에서 앙코르 곡으로 비틀스 노래가 연주된다고 해서 이상하게 생각할 사람은 없을 것이다. 2021년 카스트로 형제에 이어 권좌에 오른 쿠바 지도자 미겔 디아스카넬의 첫 메시지는 자신이 비틀스의 팬이라는 것이었다.

그날의 회견장으로 돌아가서, 레넌과 매카트니는 이렇게 대답했다. "봤어요. 하지만 무슨 말인지 이해하지 못했어요. 우리는 지식인이 아니니까요." 비틀스는 음악뿐 아니라 인터뷰에도 천재였다고 하는데, 사실 이보다 좋은 대답은 상상하기 어렵다. 만일 그들이 감사하다든지, 그 기사가 흥미로웠다든지, 배우고 싶다고 말했다고 해 보자. 그들과 음악 평론가는 사람들 보는 앞에서 만나야 했을 테고, 서로 '음악'에 대한 생각을 주고받으며 터지는 플래시 앞에서 고개를 끄덕이는 등 전혀 불필요한 장면이 연출되어야 했을 것이다. 그런 건 비틀스와 어울리지 않는다. 그 평론가의 생각은 모르지만, 그도 나중에는 이런 마무리를 다행으로 여겼을 것이다.

안타깝게도 현실에는 이런 불필요한 일들이 꼭 발생한다. 2016년 노벨 문학상을 둘러싼 소동도 그중의 하나이다.

그해 수상자는 미국 가수 밥 딜런이었는데, 핵심은 팝 음악 가사의 문학성을 최고 권위의 문학상이 인정한다는 데 있었다. 예상 밖의 결정을 한 스웨덴 아카데미는 칭찬받기를 바라는 것 같았다. 문제는 딜런이 협조했을 때만 원하는 그림이 된다는 건데, 딜런은 일주일 넘게 전화도 받지 않고 침묵을 지켰다. 단지 공연 중 「왜 나를 바꾸려 드나」라는 노래를 불렀을 뿐이다. 당황한 스웨덴 아카데미 인사가 "무례하다"라고 말한 것이 보도되었다. 우리는 일상에서 낯간지러운 찬사가 받아들여지지 않았을 때 사람들이 내뱉는 난폭한 말들을 잘 안다. 그렇지만 수상자가 저런 소리를 들은 경우가 또 있었을지는 의문이다. 딜런은 문학과 그 상에 대한 존중 때문에 입장 표명을 자제하고 망설인 것 같다. '왜 나를 바꾸려 드나'는 '나를 광대처럼 이용하지 말라'는 말의 순화된 표현이었겠지만, 결국 상황은 딜런이 양보하는 것으로 마무리되었다. 이 참사의 원인을 그가 제공하지 않은 것은 분명하다.

"말하는 데 한 푼도 들지 않은 당신의 찬사가 얼마나 가치가 있을지는 먼저 생각해 보시죠." 18세기 영국 문인 새뮤얼 존슨 박사가 한 말이다. 여기에서 핵심은 칭찬이 모두 무가치하냐 아니냐가 아니고, 칭찬을 말한 쪽이 빠지는 고유의 착각이다. 그는 원가(=제로)와 무관하게 자신의 칭찬이 가치가 있을 거라고 생각하고, 가치가 있기 때문에 받은 쪽이 갚아야 한다고 생각한다. 마치 수표라도 써 준 것처럼 말이다. 사실 노벨상은 공짜가 아니기 때문에 수상자가 예를 표하는 건 당연한 일로 여겨졌을 수도 있다. 딜런은 나중에 상금은 받지 않았다.

전지적 작가

지식이나 지능을 자랑하는 소설 주인공처럼 안타까운 것도 별로 없다. 도덕과 양심을 자랑하는 것보다는 참아 주기 쉬울 수도 있지만, 왜 하필 소설 속에서 그러고들 있을까?

평소 단련이 되어 있다고 생각했지만, 전에 읽었던 어느 일본 추리소설은 정말 이상했다. 탐정이 화자를 겸하고 있는데 너무 머리가 좋아서 매 순간 모든 것을 아는 것처럼 보였기 때문이다. 이럴 때 발생하는 곤란한 문제를 짐작할 수 있을 것이다. 왜 바로 범인을 잡지 않고 마지막까지 기다리고 있을까? 체포에는 때가 있는 법이라 그렇다 치고, 다음은 좀 더 큰 문제이다. 왜 화자(탐정)는 한참 전에 알아차린 범인을 독자에게 알려 주지 않는 걸까? 아니 그 통찰의 한 조각이라도 미리 나눠 주지 않는 걸까? 그럴 마음이 없다면 대체 왜 일인칭으로 말하고 있을까?

　물론 그전에도 탐정의 일인칭 시점에서 전개되는 소설을 읽은 적이 몇 번 있었다. 그러나 이런 경우 탐정이 범인을 깨달은 순간은 독자와 공유되기 마련이었다. 문제의 소설처럼, 결말에 '너희들은 깨닫지 못하고 있었겠지만' 하며 자랑하려고 숨기는 일은 없었다. 명색이 화자라는 사람이 그동안 독자에게 여러 가지를 고의로 숨겨 왔다고 의기양양하게 고백하는 걸 보고 있으니 정신이 아득했다. 책 제목은 말하지 않는 편이 나을 것 같다.

　탐정이 추리력을 자랑하는 건 당연한 일이다. 그리고 탐정이 일인칭인 것도 허용된다.(선호되지는 않는다. 홈스 대신 왓슨이 말하는 게 편리하기 때문이다.) 그러나 일인칭 화자가 유리할 때 불리할 때 가려서 말하는 건 허용되지 않는다. 그건 부정직에 속한다. 부정직이라는 말이 기묘하게 들릴지 모르겠다. 알다시피 소설 자체가 꾸며 낸 이야기니 말이다. 그러나 꾸며 낸 이야기이므로 요구 사항이 많은 것도 사실이다. 번잡한 논의는 생략하지만, 소설에서 부정직이라고 하면 대개 거짓을 들켜 진실처럼 보이게 하는 데 실패했다는 의미이다. 화자나 작가의 전지적 시점이 반칙에 의해 유지된다면 진실성 있게 보이기는 어렵다.

　언제 독자는 소설의 화자를 믿게 되는가. 사실 독자는

진실성의 문제에서 그리 까다롭지 않기 때문에, 언제 화자에 대한 신뢰를 상실하는가로 물음을 바꿔도 좋겠다. 답은 간단한데, 화자가 알 수 없는 것을 아는 것처럼 보일 때 신뢰를 잃는다. 예를 들어 주인공이 대화 상대방 등 타자의 모든 의도를 꿰뚫고 있는 슈퍼맨이라면 그런 책을 끝까지 읽어 주기는 힘들 수밖에 없다. 작가가 자신을 전지전능한 창조자라고 느끼는 게 일이 잘 풀리고 있다는 뜻은 못 된다.

움베르토 에코는 친구가 쓴 어느 소설에 붙인 머리말에 이렇게 썼다. "우리가 소설을 읽는 것은 지식을 얻기 위함이다." 현명하게도 그는 독자들이 소설로 배우는 게 어떤 종류의 지식인지에 대해서는 말하지 않았다. 그런 식으로 그는 소설이 얼마나 제대로 된 학습 도구일 수 있느냐는 식의 반론을 회피할 수 있었다. 나는 에코의 말이 옳다고 생각한다. 우리는 소설을 통해서 지식을 얻는다. 그런데 그 지식은 약간 진기한 종류의 것으로 다른 데서는 찾을 수 없다. 그것은 작가가 이미 알고 있던 지식이 아니라 새로운 상황에서, 소설을 쓰는 과정에서 비로소 발견하게 된 지식이기 때문이다. 뭔가 배웠다는 느낌을 주는 소설은 그런 것이다. 이 새로운 지식은 기존 지식이 더 이상 유효하지 않거나, 혹은 모든 경우에 유효한 것은 아니라는 것을 알려 주는 역할을 한다.

47   작가

좋은 소설은 불완전한 지식을 가지고 있는 인간이 무지를 숨기지 않고 행하는 탐구의 기록처럼 보인다. 사실 우리는 여전히 이해할 수 없는 게 많다고 느끼니 수설이 게수될 여지는 충분한 것 같다.

소설이 왜 필요할까

뭐든 끝장이라고 말하면 효과가 좋은 건 사실이다. 그런 발언은 우리가 중대한 기로에 서 있다는 느낌을 갖게 해 준다. 보니것의 소설 『제5도살장』(1969)에는 독서토론 프로그램에 출연한 평론가가 "이제 소설은 끝났다."라고 선언하는 유명한 장면이 있다. 옆에 앉은 평론가2가 맞장구치듯 말한다. "현대 독자들은 글을 읽고 이를 장면으로 떠올리는 능력을 상실했다." 그 뒤 반세기가 흘렀는데 앞에 나온 것들 중 실제로 죽은 것은 아무것도 없다. 『제5도살장』은 여전히 명작이고, 소설이 끝났다는 선언도, 독자의 정신적 능력에 결함이 생겼다는 이야기도 철마다 반복된다. 늘 마지막 숨이 끊어진 것 같던 독서토론 프로그램조차 슬그머니 다시 나타난다. 사실 평론가2의 말은 편집자가 작가에게 수정을

작가

강요할 때 쓰는 말이다. 그렇지만 이건 다른 주제니까 넘어가자.

소설이 정말 죽었는지 따져 볼 필요는 없을 것이다. 그러라고 한 얘기도 아닐 테니 말이다. 소설의 추락한 위상을 과장해서 한탄한 정도로 이해한다. 나는 지금 소설이 받는 대접이 문제가 된다고 보지 않는다. 소설이 사회에 기여하는 점이 분명치 않은 것, 그래서 사회로부터 받는 보수가 큰지 작은지 모르게 된 것. 이게 더 문제 아닐까.

1970년대 영장류를 연구하던 학자들은 뜻밖에 침팬지가 상대방의 생각을 고려하는 능력을 지니고 있음을 발견했다. 그게 마음 이론(Theory of Mind)인데, 이론이라고 하니 어렵게 느껴지지만 '타인의 생각과 상황을 시뮬레이션 할 수 있는 능력'을 그렇게 표현한다. 인간의 기본탑재 능력 같은데 꼭 그렇진 않다. 마음 이론이 결핍된 사람은 예컨대 약속 장소가 바뀌었을 때 상대방에게 알려 줘야 한다는 것을 이해하는 데 어려움을 느낀다. 자기가 알고 있는 것으로 충분하다고 생각하기 때문이다. 옆에서 아무리 안달을 해도 그 연락을 마지못해, 가능한 한 나중에 하는 사람을 살면서 몇 번은 보았으리라 생각한다. 이들에게는 사회적 상호 작용이 평생 감당하기 힘든 수수께끼인 것이다. 이런 능력을 어렸을 때부터 충분히 발달시키지 못하는 사람도 있고, 약물 중독이나 뇌손상, 조현병 등으로 상실하는 경우도 있다. 치료나 예방법이 있을까? 최근 과학자들의 연구에 따르면 소설을 읽는 것이 마음 이론의 유지 개선에 도움이 된다고 한다. 소설을 읽기 위해서는 타인의 상황과 감정에 일단 공감하는 게 전제되고, 읽기를 마치면 투자한 것보다 더 많은 공감을 돌려받게 되니, 좋은 훈련이 되는 게 당연할 것이다.

물론 소설마다 효능의 차는 있겠다. 상황과 감정의 양이 그리 균등하게 들어 있지 않기 때문이다. 추리작가 챈들러의 데뷔 시절, 잡지 편집자들은 그의 문학적인 묘사나 대사를 통째로 삭제하곤 했다. "이런 건 우리 독자들이 원하는 게 아니에요. 액션에 집중하시죠." 프레드릭 제임슨에 따르면 이 문제에 '확고한 이론'을 갖고 있던 챈들러는 뒷날 이렇게 썼다. "독자 스스로 액션만 좋아한다고 생각하는 건 사실이다. 그러나 그들이 진정 원하는 것은 감정, 묘사와 대사가 빚어내는 감정이다. 단지 그걸 깨닫지 못하고 있을 뿐이다."

챈들러의 좋은 점은 소비자의 니즈를 정확히 파악한 데 있다. 그것은 독자를 타자화하지 않고 스스로를 진정 독자의 입장에 놓아 봤기 때문에 얻어진 것이다. 여기에서 몇 마디 더 시켜 봤다면, 예를 들어 왜 독자는 감정을 원할까요라고 물어봤다면, 그는 마음 이론 비슷한 것을 말했을지 모른다.

우리는 정신 건강을 위해, 마음 이론을 유지하기 위해

소설을 읽을 수 있다. 한편 '감정'을 느끼기 위해 소설을 읽을 수도 있다. 그게 같은 목적이라는 걸 이해하기는 어렵지 않아 보인다.

폴린 케일,
어느 비평가의 초상

중고생 시절, 미국의 '물질주의'를 공격하는 사람들을 처음 의심하게 된 계기는 히틀러를 피해 건너온 망명자들이 제공했다. 그들은 걸핏하면 자기들 '문화'를 우리 '천박한 물질주의'와 대비시키곤 했다. 들여다보니 그들의 '문화'라는 건 유럽 시절 하인을 부리고 살았다는 것과 그들이 황홀해하는 릴케, 슈테판 츠바이크, 브루크너, 말러에 대한 지식 정도가 다였다. 그들이 말하는 '문화'가 신세계에서 형편만 허락한다면 제대로 누리고 싶은 중산 계급식 물질주의와 감상주의를 뜻할 뿐이라는 걸 발견하는 것은 별로 어렵지 않았다.(폴린 케일, 『나는 영화관에서 그것을 잃었다(I Lost It at the Movies)』, 1965)

문화가 자기편에 있다고 믿기 시작하면 보통 이상의 어

리석음에 빠지게 마련이다. 소녀 폴린의 눈에 비친 고상한 중유럽 망명자들의 모습은 유효하지 않은 은행권을 흔들며 화를 내는 졸부의 모습과 다르지 않았다. 나중에 그녀는 문화든, 윤리든, 깜찍한 최신 예술 사조든 주머니에서 화폐처럼 꺼내 흔들어 댈 수 있을 거라고 생각하는 사람들을 한칼에 베어 버리곤 했다. 영화 평론이라는 매체를 통해서.

'미국 제1의 평론가' 폴린 케일은 1919년 캘리포니아에서 태어났다. 전설에 따르면 케일은 1953년 채플린의 「라임라이트」를 보고 카페에서 친구와 큰소리로 논쟁하다가, 이를 듣고 감탄한 잡지 편집자의 의뢰로 처음 영화평을 쓴다. 여기에서 가장 많은 것을 말하는 단어는 '친구'이다. 그녀는 늘 친구를 대동하고 영화를 보러 갔다. 나중에 제일 놀란게 평론가들(주로 남자)이 혼자 영화 보러 다니는 것이었다고 말하기도 했다. 「거미 여인의 키스」에서 윌리엄 허트의 빨간 스카프가 터무니없다든지 「모리스」에서 '키 큰 제임스 윌비 옆에 서니 더 작고 머리는 커 보이는 루퍼트 그레이브스'라는 식의 귀여운 코멘트에는 극장을 나서며 친구에게 건네는 말 같은 생생함이 있다.

어떤 주의나 이론에 의지하지 않았다는 것, 맨땅에 헤딩 하듯 자기 느낀 대로만 썼다는 것, 겁도 없고 양보도 없었다는 것은 하나의 특질 — 자유든, 정직이든 — 을 여러 다른 말로 표현한 것에 불과하다는 생각이 든다. "내가 무엇을 느꼈는지 말해 왔고 그게 사람들의 존경을 얻을지는 크게 걱정하지 않았다." 그녀는 말년의 인터뷰에서 말했다. "친구의 기분을 맞춰 줄 목적이라면 평론을 쓸 이유가 없다. 정중한 거짓말은 하지 않는다." 지금 걸린 영화 중 그나마 가장 낫다면 좀 봐줘야 하지 않을지 같은 생각은 일 초도 하지 않았을 것이다. 그녀의 평론집은 영화 또는 도덕에 대해 잠깐 안이한 생각을 한 죄로 영혼까지 탈탈 털리는 불쌍한 사람들로 가득하다.

방금 '조금도 봐주지 않았다'라고 쓰긴 했지만 늘 그렇지는 않았다. 드물게 감동받거나 열광적인 무드가 되면, 웬만한 건 넘어가기도 했다! 즉 케일의 반응은 예측하기 어려웠다. 대체로 재능 있는 젊은이의 미숙함('과잉')에는 호의적이었지만, 완전히 노장이 되어 반복되는 결함이 하나의 잔꾀가 되어 버린 사기꾼('스타일리스트')들에게는 냉혹했다고 할 수는 있겠다.

케일의 영역은 영화였으니 그녀가 모든 영역의 평론가의 귀감이라는 식으로 단정할 수는 없다. 그러나 상상할 수 있는 최악의 평론가는 그녀와 반대되는 특질들의 총합과 닮았다. 아마 그는 이념으로 판단하고, 직감보다는 이론에 의지하고, 업계 상황과 평론의 파장을 신중히 고려하고, 동료와 자신의 경력을 보호할 것이다. 즉 안 읽어도(또는 읽어도) 지장 없는 글만 쓸 것이다. 아, 문화의 수호자를 자처하기도 할 것이다. 생각해 보면 끔찍한 모습이다. 그러니 그리 낯선 모습도 아니다.

보이지 않는 토끼

제임스 스튜어트 주연의 고전 영화 「하비」(1950)는 사람 크기의 토끼와 친구가 된 사람의 이야기이다. 이 토끼는 말도 하며 늘 주인공 옆에 붙어 다닌다. 문제는 이 토끼가 다른 사람에게는 보이지 않는다는 것이다. 걱정이 된 가족은 주인공을 정신병원에 입원시키려 한다. 이후 비슷한 설정을 사용한 영화들(「이웃집 토토로」 등)의 선구가 된 작품이다. 지금의 시각에서는 토끼를 알코올 중독이나 동성애의 은유라고 풀기가 쉬울 듯하다. 나는 어느 쪽이냐 하면, 주인공의 말 그대로 토끼를 '친구'라고 보는 쪽이다.

주인공은 하비(토끼)와 처음 만나서 친구가 된 계기를 의사에게 설명하다가, 모든 친구 관계가 그렇듯 어떻게 서로 친구가 되었는지는 잘 모르겠다고 시인한다. 친구가 되

작가

려면 나중에도 콕 집어서 말할 수 없는 무엇인가가 도와야 한다는 것인데, 보이지 않는 이 토끼는 친구 관계의 신비와 불확실성을 드러내는 상징으로 보인다.

이런 이야기가 오늘날에도 부합하는지 조금 따져 보자. 뭔가 변했다. 우리는 친교의 시작과 끝이 온라인에 기록되는 시대를 살고 있다. 예컨대 매일 단골로 찾아와 싱거운 덧글이나 주고받던 이들이 어느 날 어색한 몇 마디를 교환하더니 서로의 계정에서 자취를 감춘다. 이런 일은 보통 제삼자는 모르고 지나갈 일이지만 서로 작심하고 가시 돋친 말을 주고받는 경우에는 모두에게 생중계되기도 한다. 다들 한두 번씩은 겪어 본 일이다. 이를 보면 친구 관계의 사적이고 비가시적인 영역이 온라인에 의해 잠식되는 중이라고 말할 수는 있을 것 같다. 다만 잠식의 규모는 가늠이 어렵다. 친구 관계에서 비가시적인 영역의 전체 크기가 미지수이기 때문이다.

모든 것이 온라인에 공개되며 어떻게 친구가 되었는지 일말의 수수께끼도 없는 '공적인' 친교는 궁극적으로 불가능할 것이다. 그건 뭐랄까, 별로 만족스러운 게 아닐 것이기 때문이다. 가시화되는 건 친교 자체가 아니라 서로 주고받은 '글'인데, 글의 교환 역시 새로운 것은 못 된다. 우리는 덧글이나 메시지가 별게 아니라 응답 속도가 빨라진 편지일 뿐이라는 것을 눈치채고 그에 적응하게 되었다. 사실 그 응답 속도조차 조절되고 있는데, 우리는 적절한 타이밍에 대구하기 위해 편지를 쓸 때와 똑같은 짓— 시간을 재는 일을 계속하고 있는 것이다. 아마 유일하게 새로운 것은 친구 사이에 글의 교환이 폭증한 것이다. 이게 좋은 일이라고 단정하긴 어렵다. 글은 너무나 강력한 매체이기 때문에 친구와 부담 없이 교환할 만한 건 못 된다.

『이상한 나라의 앨리스』를 쓴 루이스 캐럴은 편지 쓰기에 관해 일련의 조언을 남겼다. 몇 가지를 들면 다음과 같다. "상대방의 편지를 인용할 때는 그가 쓴 말 그대로 인용할 것." "상대방이 기분 나쁠 것 같은 편지는 일단 부치지 말 것. 다음 날 내가 받은 편지라고 생각하고 읽어볼 것." "그가 격분한 답장을 보내오면, 못 본 것으로 할 것. 또는 그보다 부드러운 어조로 답장할 것." "의외로 우호적인 답장이 오면, 그보다 더 우호적인 어조로 답할 것." "농담할 때는 농담임을 의심하지 않게 심한 과장법을 사용할 것." "끝맺는 인사는 최소한 상대방이 한 것만큼은 친절하게." "추신에 의미심장한 구절을 넣지 말 것." 등등.

이게 정말 편지 쓰기에 관한 조언일까? 실은 친구 유지 관리 매뉴얼 아닐까? 캐럴은 단 하나의 분명한 생각을 가지고 있었다. 그것은 친구와의 관계에서 일을 크게 만들지 말

작가

아야 한다는 것이었다. 앞의 규칙들이 지금 문자나 덧글을 쓸 때도 참고가 되는 게 있다고 느껴진다면 우리가 우정에서 기대하는 바는 실제로 변한 게 없는 것이다.

우정의 다이내믹은 꽤 관대한 편이어서 가장 친한 친구의 순위 바꿈이나 연락의 휴지를 허용한다. 하지만 한번 금이 간 친구 관계는 다시 회복되지 않는다. 연애가 거의 무한정 누리는 사치, 즉 싸움을 우정은 한 번도 감당할 수 없는 것이다. 친구 관계는 별로 질기지 않고, 한번 못 볼 꼴을 보면 바로 해소된다. 그런 오점만 없다면, 십 년간 겨울잠을 자던 밍밍한 친교도 나중에 잘 이어지곤 한다.

진리를 모른다

정치 이야기는 친구들 사이에서 금기라고 하는데 요즘은 가족들 사이에서도 금기가 되는 중인 듯하다. 모두가 조심하는데도 기어이 뭔가 신랄한 논평을 꺼내고야 마는 분들이 있다. 이들은 정치적 입장 차로 사적인 관계에 생길 위험보다 상대를 계몽시켜 생기는 공익이 더 크다고 보는 것이다. 그럼 좋겠지만, 계몽이 말로 가능할지는 모르겠다. 정치에 관한 한 상대의 말을 끝까지 들어 주는 사람은 드물다. 반면 사람을 화나게 하는 건 한두 마디면 충분하다. 시간이 흘러 우리의 모든 말들이 잊히는 게 그나마 다행이다. 글을 남기는 작가는 예외지만 말이다.

단 한 번이었든 평생의 정열이었든, 어떤 기회에 정치에 개입한 것이 불행한 선택이 되어 버린 작가들은 문학사에서 밤하늘의 별처럼 많다. 그 불행한 선택에는 자질이 모자란 정치가를 지지하는 것에서부터 독재자나 억압적인 체제를 열렬히 옹호 찬양하는 것까지 스펙트럼이 다양하다.

유고슬라비아 내전의 전범인 밀로셰비치가 2006년 수감 중 사망했을 때 오스트리아 작가 페터 한트케는 그를 '나의 친구'라 부르며 장례식에 참석했다. 세계가 놀랐다. 20세기 후반 독일어권에서 가장 중요한 작가의 한 사람이자 우리가 잘 아는 영화 「베를린 천사의 시」에서 "두 손 놓고 자전거 타기/ 아스팔트 위에 찍힌 타이어 자국" 같은 시적인 대사를 썼던 한트케에게 밀로셰비치는 어울리지 않는 조합이었다. 많은 이들이 한트케가 노벨문학상 티켓을 스스로 불태워 버렸다고 생각했다.(2019년 한트케가 노벨상을 수상함으로써 이 예상은 틀리게 되지만, 여전히 많은 이들이 이 수상에 분개했다.) 다만 한트케가 밀로셰비치 장례식 때 발표한 짤막한 추도사는 읽어 볼 가치가 있다.

세계는, 이른바 세계는 유고슬라비아에 대한 모든 것을 알고 있다. 세계는, 이른바 세계는 밀로셰비치에 대한 모든 것을 알고 있다. 이른바 세계는 진리를 알고 있다. 그래서 세계는 이 자리에 오지 않았다. 나는 진리를 모른다. 단지 나는 보고 듣고 느끼고 기억한다. 나는 질문한다. 이것이 오늘 내가 이

자리에, 밀로셰비치 옆에 서 있는 이유이다.

밀로셰비치가 이런 대접을 받을 인물인지는 모르지만, 한트케의 이 추도사는 '작가의 불행한 정치적 선택' 시리즈 중 가장 세련된 것으로 보인다. 그는 자신이 진리를 모르며, 진리가 명해서 여기 온 게 아니라 오직 개인 자격으로 온 것임을 분명히 했다. 자신은 스스로를 정당화하기 위해 세상에서 명분을 꿔 올 생각이 전혀 없다고 했다. 그럼으로써 그는 '진리를 알고 모든 것을 아는' 세계를 우습게 만들었다. 물론 이 일은 오직 한트케 개인의 일이기에 누구도 그를 따라 할 수 없다.

한트케의 이런 전략은 작가들이 보통 정치적인 의견을 표할 때 사용하는 방식과 정반대의 것이다. 작가들은 자신의 선택이 세계의 진리('역사' '민족' '상식')와 합치한다고 말하기를 좋아하며, 듣는 시민들이 당연히 이에 따르기를 기대하니 말이다. 그렇게 쉽게 행해지는 진리 주장이 실제로 얼마나 효력이 있는지는 모르겠다. 다만 우리는 이런 식의 담화에 익숙해졌고, 이제는 작가들의 특정 정치인 및 정당 '지지 선언'을 선거 때마다 찾아오는 일상적 풍경의 하나로 여기게끔 되었다.

우리 모두가 진리를 안다면 선거가 필요할지는 의문이

다. 우리 중 일부가 진리를 안다면 선거는 진리와 거짓의 대결장이 된다. 두 경우 모두 민주 국가의 선거와는 맞지 않는 그림이다. 한트케식으로 말하면, 우리는 진리늘 모른다. 우리가 선거에 관심을 갖는 것은 늘 오류의 가능성을 갖고 있는 사람들의 집단적인 의사를 확인하고 싶기 때문이다. 그 결과에 의미가 있다면, 다음 오 년 뒤에 우리 판단을 다시 확인해 볼 기회가 있기 때문이지 진리와 일치하기 때문은 아닐 것이다.

문자가 주는 자유

요양원에 있는 작가가 어느 여성 환자에게 마음을 빼앗기게 된다. 그녀에게 남편이 있다는 것은 처음부터 알고 있었다. 작가는 그 남편에게 편지를 쓴다. 당신이 얼마나 우둔하고 못생겼는지 아느냐, 그 섬세하고 아름다운 여성의 배우자 노릇을 할 자격이 있다고 생각하느냐는 내용이다. 남편의 주소는 모르지만 편지를 부치는 데 아무 문제가 없다. 마침 남편이 아내의 병간호차 요양원에 와 있기 때문이다. 그래서 발신지와 수신지가 동일한 이 편지는, 잠시 마을 우체국을 경유했다가 목적지인 요양원으로 다시 돌아온다. 편지를 받아 든 남편은 성큼성큼 작가의 방 안에 걸어 들어온다.

"이보시오, 당신 말이야 도대체…… 일단 직접 말로 할 수도 있는데 굳이 편지를 쓰는 건 어리석은 일 아닌가?"

작가

소설에서 현명한 편지를 찾기는 쉬운 일이 아니지만 토마스 만의 「트리스탄」(1903)에 나오는 편지처럼 어리석은 건 드물다. 남편인 클뢰터얀 씨는 편지의 내용도 문제지만 말로 해도 되는 걸 "굳이 편지로 쓴 게" 문제라고 지적한다. 그리고 후자가 더 결정적인 하자로 보인다. 겁쟁이인 작가가 자신의 음험함을 실현하는 일은 후자에 기대지 않고는 불가능하기 때문이다.

지난 한 세기 동안의 통신 발전은 대면과 음성과 떳떳한 태도를 선호하는 클뢰터얀 씨의 이상이 실현되는 과정이었다. 대중화된 순서로 보면, 먼저 유선 전화가 보급되었다.(이미 이때 편지는 설 자리가 없어졌다.) 부재중이라고 연락을 피할 수 없게 무선 호출기가 나왔다. 호출 뒤에 무한히 기다릴 수는 없으므로 이동 전화가 보급되었다. 음성만으로는 부족해서 얼굴을 보며 통화할 수도 있게 되었다. 이제 얼굴뿐 아니라 전신을 옆에 불러내는 홀로그램 통화가 상용화를 기다리고 있다. 이렇게 쓰고 보면 기술이 어떤 이유로든 연락을 회피하는 사람들을 완전히 막다른 골목에 몰아넣었음을 알 수 있다.

여기에서 기술이 예상치 못한 일이 생겼다. 모두가 이동 전화를 갖게 되자, 통화를 적게 하게 된 것이다. 화상 통화(실제로 얼마나 사용하고 계신지?)는 고사하고 음성 통화를 말이다. 2011년의 한 조사는 미국인의 3분의 1이 통화보다는 문자를 선호한다고 밝혔다. 2018년 문자 선호도는 51퍼센트로 통화를 앞질렀다. 그 뒤 연령대별로 또는 특정 소비자들 대상으로 행해진 조사들에서 통화에 대한 문자의 선호도는 80~90퍼센트에 달했다. 이렇다 보니 통화 전에 "잠깐 전화드려도 될까요?" 같은 문자를 주고받는 게 당연한 절차가 되었다. 나도 그렇게 한다. 굳이 전화까지 해야 할 일이 있다면 말이다.

문자가 통화보다 선호되는 이유는 간단하다. 그게 자유를 주기 때문이다. 문자에 언제 답할지는 우리에게 달렸다. 답이 늦으면 상대방은 우리가 언짢은지, 말문이 막힌 건지, 단순히 문자를 못 봤는지, 바쁜 일로 답할 시간이 없는지 알 수가 없다. 즉 당장 어쩌지 못한다. 걸려 오는 연락에 늘 무방비 상태인 우리에게 이런 비동시성과 불확실성이 그나마 숨 쉴 공간을 준다. 이런 자유에 모두가 득을 보고 있기 때문에 '통화 대신 문자'는 일종의 예절이 된 것이다.

휴대폰을 비행기모드로 놓고 시내를 돌아다닌 적이 있다. 폰에 저장된 책을 보고 음악을 들었다. 평소보다 집중이 잘되어서 놀랐다. 마치 문이 늘 열려 있는 방에서 살다가 문을 처음 닫아 본 듯한 느낌이었다. 그러다 생각했다. 누가 알겠는가. 십 년 뒤엔 홀로그램 통화보다 더한 게 나올지 모르지만, 그럴수록 다들 비행기모드가 기본이 될지. 문자조차 아침저녁 한두 번만 확인하고 마칠지. 지금 이메일 확인을 그렇게 하듯 말이다,

윤리는
어떻게 가능한가

머리 깎을 때 미용사가 가르마의 방향을 물어본다. 이쪽이라고 알려 주면 고개를 갸웃하거나 반대 방향이 더 보기 좋을 거라고 권할 때가 있다. 굳이 논쟁하고 싶지 않아서 그리해 달라고 하지만, 집으로 가는 길에 손으로 쓱쓱 빗어서 원래대로 돌려놓는 것이 보통이다. 그렇지만 그의 판단이 옳을 거라는 생각은 한다. 그가 전문가이기도 하고, 내가 내 얼굴을 객관적으로 볼 수 있을 리 없으니 말이다. 이건 그리 큰 문제가 아니다. 우리 모두가 자기애의 화신이기는 해도 남 얼굴을 내 얼굴로 착각할 정도는 아니니까. 그러나 조금 복잡한 차원이 되면 이야기가 달라진다. 예컨대 배우는 영화 속 자신의 연기를 보기가 어렵다고 알려져 있다.(오히려 스크린에서 관객석에 앉은 본인을 쳐다본다고 한다.) 그리고 자

작가

기 인생을 어떻게 보느냐는 문제에 이르면, 나와 타인의 생각의 괴리는 목숨이 걸린 문제가 될 수도 있다.

1939년 프라하, 게슈타포에 체포된 극가가 서영대에 묶인 채 총살형을 기다린다. 처음에는 죽음 자체가 두려웠는데, 그 못지않게 두려운 일이 있다. 지금까지 발표한 작품들이 흡족하지 않은 것이다. 후세는 이 평범한 작품들로 그를 판단할 게 아닌가? 대표작이 될 거라고 기대하는 게 있지만 원통하게도 미완성이다. 이제 사격 명령이 떨어졌다. 갑자기 모든 소리가 사라진 듯한 느낌에 정신을 차려 보니 세계가 정지해 있다. 독일군의 동작이 멈춰 있고 빗방울도 공중에 떠 있다. 몸은 꼼짝할 수 없는데 정신은 또렷하다. 꼬박 일 년 동안 그는 머릿속에서 수정을 거듭하며 작품을 완성한다. 드디어 완성했다. 그 순간 빗방울이 다시 떨어지고 총소리가 들린다. 그는 사살된다. 뇌 속의 대표작과 함께.

그가 매달린 '작품'이 그의 생애를 뜻한다는 걸 알아차리긴 쉽다. 그는 죽기 전 자기 생애를 나름대로 수정 보충하려 했던 것이다. 보르헤스 소설 「비밀스러운 기적」의 질문은 이런 것이다. 윤리는 어떻게 가능한가? 모두가 저마다 아무도 모르는 차원을 감추고 있다면 어떻게 선과 악에 대한 합의에 도달할 수 있나? 한 사람의 정상을 참작하는 데에도 영원의 세월이 필요하지 않을까? 보르헤스는 사람이 어떻게 살아야 하는가라는 문제에 대해 의외로 곳곳에 촌 철살인적 문장들을 뿌려 놓았다. "그는 다른 작가들을 그들이 보인 업적으로 평가했지만, 그들이 그를 평가할 때는 장차 달성할 업적을 가지고 평가해 주길 바랐다." 나는 네 겉만 보겠으나 너는 내 속을 봐 줘야 한다는 이런 태도. 내면은 오직 나만의 것이라는 태도. 주변에 이런 유아적인 태도를 노출한 사람이 있으면 우리는 대체로 냉혹하게 반응한다. 가끔 그의 딱한 정신 상태를 동정하기도 하고, 나도 다르지 않다고 반성의 계기로 삼기도 한다. 그러나 냉혹, 연민, 반성 어느 쪽으로 기울든, 이런 유아적 태도를 허용하거나 격려할 마음을 품지는 않는다. 이게 사회의 원리가 되어서는 안 되기 때문이다.

　　우리는 공감에 커다란 의미를 부여하는 시대에 살고 있다. 내가 이해하는 한 공감의 가치는 선량함에 있는 게 아니라 자기애와 주관성에서 벗어날 계기를 준다는 데 있다. 그런 목적이라면, 드러나지 않는 내면에 대한 공감은 권장될 수 없다. 내가 알 법한 내면의 당사자는 몇 명에 불과할 테니 말이다. 이런 선택적인 공감은 취지에 맞지 않는다. 공감은 보이는 것, 즉 타인이 볼 수 있는 것에 한정되어야 한다. 적어도 타인이 볼 수 없는 것은 차례를 기다려야 맞다. 보이지 않는 것에 우선권을 주면 보이는 것은 상대화, 주변화, 비가시화된다. 안타깝게도 그런 일들이 벌어지는 것을 보게 된다.

윌리엄 트레버적인 것

아일랜드의 단편소설 작가 윌리엄 트레버의 책이 한국에서 처음으로 번역 출간된 것은 2015년이다.[1] 팔십팔 세를 일기로 작가가 세상을 떠나기 일 년 전의 일이었다. 이 터무니없는 지연은 애석한 것이지만, 오래도록 기다려 온 출간이 어떤 모습으로 이루어질지는 사실 내내 궁금한 바였다. 왜냐하면 그의 단편집이나 간헐적으로 발표된 장편소설들이 상업적인 단행본 기획으로 소개되기는 다소 어려워 보였기 때문이다. 가장 간단한 해결책은 그를 세계문학전집에 포함시키는 것이었겠지만, 이 영역에서조차 단편집이 그다지 선

---

[1] 윌리엄 트레버, 이선혜 옮김, 『윌리엄 트레버: 그 시절의 연인들 외 22편』(현대문학, 2015). 이하 표시되는 페이지 숫자는 모두 이 책의 것이다. 이후 한겨레출판에서 다섯 권, 문학동네에서 한 권이 더 나왔다.

호되지 않는 업계 사정 때문에 본격적인 소개가 미루어졌을 것으로 보인다. 다행히 현대문학 출판사에서 오로지 단편소설을 위한 세계문학 시리즈를 내게 되었고, 삼사하게도(또 지당하게도) 트레버가 한 권의 자리를 차지하기에 이르렀다. 이 시리즈의 특색 중 하나가 작가 이름이 곧 책 제목이 되는 것인데, 결과적으로 트레버의 첫 국역서가 트레버라는 이름을 달고 나오게 된 것은 적절해 보이기도 한다.

트레버는 1928년 아일랜드 남부의 개신교 가정에서 태어났다. 아일랜드의 개신교도는 중산 계급적 소수자라는 독특한 정체성을 가지고 있다는 인상이지만, 트레버 소설의 인물들을 보면 그런 사회경제적 위치도 옛날 얘기인 듯하다. 더블린의 트리니티 칼리지에서 역사를 전공하고, 졸업 후 조각가가 되고자 했으나 잘 되지 않았다. 결혼 뒤 영국으로 건너가 광고 회사에서 일했다. 삼십 대에 작가로 데뷔했고, 이후 오십 년 동안, 평자들이 지적하듯 '처음부터 확립된, 말년까지 거의 변화를 감지하기 어려운 그만의 스타일로' 단편소설들을 생산해 냈다. 간혹 장편들도 발표했으나 그는 자신을 기본적으로 단편 작가로 보았다. 2016년 잠을 자던 중 평화롭게 타계했다. 트레버의 단편들은 팔십 세 즈음해서 두 권짜리 육중한 『단편 전집』으로 묶여 나왔다.(Penguin-Viking, 2009) 이 전집의 수록 단편은 133편,

1800페이지가 넘는다. 국역본 『윌리엄 트레버』는 23편을 수록하고 있다. 전체의 5분의 1에 못 미치는 분량이나 이미 600페이지로, 단행본의 적정 한계에 도달하고 있다.

많은 작가들이 트레버를 좋아한다. 줌파 라히리는 이렇게 말했다. "트레버 단편집은 내 인생을 바꿔 놓았다. 나는 이 책에 실린 작품에 견줄 만한 이야기를 단 한 편이라도 쓸 수 있다면 행복하게 죽겠노라고 생각했다." 여러 책에 인용된 발언인데, 라히리는 이 말이 상대적으로 유명한 젊은 작가가 무명의 노작가를 끌어올리는 식으로 사용될 가능성을 별로 예상하지 못했을 것이다. 따라서 이 말은 '나의 발견'을 강조하는 추천이 아니라 학생이 선생에게 품는 열광과 충성 정도로 이해해야 한다. 나는 왜 이 말이 과장으로 여겨지지 않는 것일까 생각해 봤다. 물론 트레버의 기술이 정신이 멍해질 정도로 뛰어나기 때문이고, 라히리가 허풍으로 치부하기에 망설여지는 강한 어조를 사용하기 때문이기도 하다. 다른 한편으로는 이 말이 인생은 바꿀 수도 없고, 행복하게 죽기를 바라기는 더 어렵다는, 익숙한 트레버적 주제의 거울상처럼 보이기도 하기 때문인 것 같다. 주제를 그렇게 요약할 수 있는 게 아니라 실제로 책에 그런 말들이 나온다. "세상은 우리에게 가장 좋은 것을 허락하지 않아.(It's all second best.)"(「욜의 추억」, 24) "삶은 그녀를 실망시켰고, 그녀는 스스로를 실망시켰다.(Life had let her down, she'd let herself down.)"(「이스파하에서」, 267)

이런 단언들은 아포리즘으로 의도된 것이 아니라 그 대목에 필요한 진술처럼 보일 뿐이다. 트레버의 등장인물들은 "평범하고 고독하고 잊힌" 사람들—주로 중하층과 노동자 계급—이다. 그들은 오래전부터 실망해 온 이 인생을 뒤집을 수 없다는 것을 알고 있다. 다만 이것이 대단한 발견처럼 제시되지는 않는다는 점은 주의해야 한다. 그것은 소설의 처음에서든 끝에서든 모두가 아는 것으로 주어져 있다. 단지 이것을 가지고 작가가 무엇을 하느냐가 문제가 될 뿐이다. 다음은 이 인물들이 빚어내는 전형적인 트레버적 상황이다.

그녀와 알고 지낸 지는 몇 해가 되었지만 이날처럼 한자리에 있게 될 때마다 두 사람은 일단 정중하게 인사를 주고받은 뒤 별다른 이야깃거리를 찾지 못했다.(「탄생을 지켜보다」, 97)

때로는 이런 어색한 상황이 단편 하나로 확장되기도 한다. 이 책에는 실려 있지 않지만, 「중년의 만남(A Meeting in Middle Age)」이 그런 경우이다. 두 중년 남녀는 좀 복잡한 이유로 약속을 잡아 대면하는데, 입을 다물고 있는 것 외에는 자신을 지킬 방법을 알지 못하고 살아왔기 때문에 결국 초면에 험한 대화를 주고받고 헤어진다.

이야기가 되기보다는 멈추는 쪽에 적합해 보이는 상황이 하나의 소설이 된다는 것, 굳이 그런 상황으로 백 편이 넘는 이야기를 써낸다는 것은 결코 평범한 일이 아니다. 분명 여기에는 형식과 전략에 대한 집착이 들어 있다. 트레버의 수법은 이런 식이다. 먼저 삼인칭의 관조적 인물이 등장한다. 가장 자주 사용되는 어구는 '그는 ……라고 생각했다' '그는 ……을 기억했다'이다. 마치 생각이나 기억을 한다는 것은 오류에 빠진다는 것과 비슷한 말이고, 그가 범하는 오류에 작가는 아무런 책임이 없음을 늘 고지하고 있다는 듯이 말이다. 그 삼인칭의 인물이 제한된 정보를 가지고 주변 사람에 대한 판단을 내린다. 즉 주변인의 인생의 비극에서 핵심은 뭐였다는 식으로 단정해 버린다. 그 판단이 대단히 빠르고 폭력적이어서 놀라울 정도이다. 그때 그의 의식 표면에 아직 드러나 있지 않았던 것, 그가 자신의 인생을 얼마나 무가치하게 보고 있는지가 폭로된다. 이런 감정적 대단원은 그의 차분하고 비직접적인 톤 때문에 독자에게 무방비 상태에서 기습을 당한 것 같은 충격을 주기 마련이다.

트레버를 번역할 때 회피해야 할 위험들이 어떤 성격의

작가

것일지는 짐작이 어렵지 않다. 그 위험은 번역뿐 아니라 편집 과정에도 마주칠 수 있는 것이다. '그는 ……라고 생각했다'라는 반복적 문장의 경우, 생각의 내용을 자운따음표로 묶어서 표시해 주어도 괜찮을까? 그러면 읽기 편리할 수는 있겠지만, 생각을 구획 지어서 직접적이고 투명하게 드러내는 듯한 느낌은 트레버적이지 않다. 과연 우리가 내적 독백의 형식으로 생각을 하는 경우가 얼마나 자주 있느냐라는 문제는 접어 두고라도 말이다. '……라고 생각했다' 쪽의 좋은 점은 진술의 간접성과 불확실성인데, 이런 속성들은 그의 책에서 작위를 방지하기 위한 부적처럼 사용되고 있다. 작위성은 그의 프로젝트를 손상시킨다. 이런 것들은 겉보기처럼 지엽적인 문제가 아니다. 요점은 트레버가 소박한 사람들에 대해 쓰는 이야기꾼 할아버지가 결코 아니라는 것이다. 우리가 트레버의 세계에 들어가려면 먼저 그의 어마어마한 문학적 야심을 존중해야 한다.

지금 내가 문학 텍스트는 다른 언어로 구두점까지 충실하게 재현되지 않으면 안 된다 식의 말을 하게 된 건지 모르겠다. 그럴 필요가 있는지는 경우에 따라 다른데, 트레버의 번역에선 '조금 덜 번역체로 보이게 하는' 작업, 예컨대 '그는, 그의' 같은 인칭 대명사를 생략하는 것은 꽤 무모한 일이 된다. 거치적거리는 대명사들을 걷어 내고 나면, 등장인물 개인의 생각은 경계를 잃고 일반적인 생각 나아가 작가의 생각을 노출한 것으로 보일 가능성이 있다. 그렇게 되면 트레버는 터무니없게도 센티멘털한 작가로 보이게 될지 모른다.

이런 이야기들이 트레버가 어려운 작가라는 인상을 준다면, 그건 사실과 거리가 멀다. 트레버는 복잡한 문체를 사용하지 않는다. 줄거리는 평이하며 공감하기도 쉽다. 그의 까다로움은 번역할 때 비로소 드러나는 종류의 것이다. 예를 들어 트레버가 언어의 경제에 얼마나 능숙한지 보여 주는 특유의 표현들이 있다.

그녀는 겁에 질려 있었지만 자신이 왜 겁을 먹고 있는지 그 이유를 알지 못했다.
She was frightened and she didn't quite know why she was frightened.(「탄생을 지켜보다」, 101)

그 이유는 물론 언급되지 않는다. 이것은 자동적으로 이루어지는 순환, 즉 작가가 적게 말해도 이미 알아서 다 상상해 버린 독자들이, 책에 적힌 표현의 과묵함에 다시 감탄하고, 화자를 더욱 신뢰하게 되는 무한순환에 트레버가 얼마나 노련한지 보여 주는 수많은 예 중 하나일 뿐이다. 트레버는 교활한 테크니션이다. 적게 말할수록 증가하는 효율에 기뻐하는 관리자이기도 하다. 그러나 이는 오저히 번역 과정을 통과하기가 힘든 영역에 속한다. 원래도 힘들었지만 지금은 더 힘들어졌다. 왜냐하면 갈수록 역자들이 번역 텍스트를 빈틈없이 포만시켜야 한다는, 그런 식으로 자신의 한국어 능력을 증명해야 한다는 압박을 받고 있기 때문이다. 이 책에 역자가 이런 압박에 쫓긴 듯한 흔적이 보였다면 실망했을 테지만 다행히 그런 일은 없었다. 이 번역서는 트레버의 분위기를 느끼게 해 준다. 트레버의 톤, 그의 간접성과 경제성, 그가 설정한 거리가 유지되고 있기 때문이다. 감사할 일이고, 업계인으로서 안심도 된다고 느꼈다. 국내 초역 작가의 책이 이처럼 완성도 높게 출간된 것을 볼 수 있으니 말이다.

발터 베냐민은 번역가가 관계하는 언어는 원텍스트의 언어가 아니라 보편적인 '순수 언어'라고 한 적이 있다. 출발 언어를 목표 언어로 번역할 때, 목표 언어가 잘 받아들이지 못하는 까칠까칠한 부분이 생긴다. 그것은 아무리 보아도 목표 언어가 아닌 것처럼 보인다. 순수 언어는 그런 식으로 자신의 모습을 드러낸다. 그 거친 부분을 매끄럽게 가공하지 않고 가능한 한 포용하는 것은 목표 언어의 경계를 넓

히고 풍부하게 하는 한 방법이 된다. 왜 이런 얘기를 하는가 하면, 비유적이긴 하지만 트레버의 작품과 현실이 맺는 관계가 이와 비슷하다고 여겨지기 때문이다. 단지 여기에서는 목표 언어에 잘 맞춰지지 않는 순수 언어의 모습 대신, 내러티브에 완전히 포획되지 않은 채 제시되는 인생의 경험이 문제가 되고 있을 뿐이다. 그 포획되지 않는 디테일들은 삐죽삐죽하고 이질적인 잉여의 모습일 수도 있지만 아마 트레버에게는 내러티브가 온전히 구성되는 것을 방해하는 듯한 공백의 형태로 나타나는 경우가 더 많으리라 생각된다. 그 디테일들이(또는 그 부재가) 나중에 소설의 결말 속에 모조리 호명되고 복원되어 반듯한 제자리를 찾을 수 있는 것인지는 모르겠다. 트레버 단편의 다수는 그런 보증이 불가능하다는 쪽에 서는 게 아닐까. 남편의 실패한 인생의 의미를 깨달았다고 느낀 순간 이를 알아들을 수 없는 횡설수설로밖에 표현할 수 없는 여인처럼 말이다.(「오, 뽀얀 뚱보 여인이여」, 235)

트레버의 의미는 아직 조작되고 문학화되기 전의 날 것의 인생을 보는 듯한 느낌에 있다. 작위성을 부인하는 듯한 가라앉은, 말을 아끼는 듯한 문체를 통해서 말이다. 그 느낌이 없다면, 트레버를 읽을 때 받는, 마치 직역된 인생을 본 것 같은 정서적 충격— 아마 라히리가 한 말도 이런 의미였

을 거라고 생각한다. — 은 오지 않는다. 생각해 보면 아직
도 사람들이 문학에 기대하는 게 이런 종류의 충격이다. 단
지 트레버보다 영리하게 그 방법을 찾아낸 사람들을 자주
볼 수 없을 뿐이다.

2
–
업계인

저자 약력의 의미

내가 본 가장 인상적인 저자 소개는 르네 웰렉이 편집한
『도스토옙스키 논집』(1963) 끝에 실려 있는 것이다. 열한 명
의 필자 약력은 서너 줄로 끝나는 것, 그보다 좀 긴 것 등 다
양하지만 '프로이트' 밑에는 단 세 마디가 할애되어 있다.
소개할 필요 없음.

　회사에 있을 때의 일이다. 중쇄를 찍은 책이 있어서 살
펴보다가 아는 역자의 약력이 바뀐 것을 알게 되었다. 담당
편집자에게 확인하니, 역자가 교체를 요구했다고 한다. 근
황이 추가된 것은 없고 출생 연도, 출생지, 출신 학교 이 세
가지가 빠졌다. 나이를 빼 달라, 고향을 빼 달라, 학교를 빼
달라, 또는 약력을 아예 감성 에세이처럼 쓰면 안 되느냐 등
등의 요구를 간혹 받기도 했다. 이때마다 난감함을 느꼈는

　　　　업계인

데, 이처럼 전격적으로 주요 신원 정보를 싹 정리한 것은 처음 겪는 일이었다.

왜 빼려 하는가? 문제는 출신 학교와 출생지와 나이가 지나치게 민감한 정보라는 데 있다. 이것들은 모두 밝히는 순간 학벌주의와 지역주의와 연령주의에 편입되는, 즉 편승하거나 피해자가 되는 구조를 갖고 있다. 보신 분들도 있겠지만 1980년대까지 문방구에서 파는 이력서에는 사진 옆에 '출신도'를 적는 큼직한 난이 있었다. 아래쪽에 상세 출생지를 적는 곳이 있는데도 위쪽에 도(道)를 따로 적게 한 것은 수작업의 편의성 때문이었다. 어떤 수작업이었을지 설명은 필요 없을 것이다. 불과 삼십여 년 전까지 딱 그 정도 수준이었던 사회에서 모든 차별의 가능성에 대비하고 민감해져야 하는 것은 하나의 의무가 된다. 그리고 이런 이슈와 다른 차원의 문제도 하나 생겼다. 지금은 개인 정보를 스스로 지켜야 하는 시대인 것이다.

내가 모든 출판 편집자(전직이든 현직이든)를 대표할 수는 없으니 개인적인 의견만 말하겠다. 학벌주의, 지역주의, 연령주의에 대한 반대와 개인 정보 보호라는 대의에 전적으로 공감한다. 그러나 저자가, 또는 역자가 책에 싣는 신상 정보를 생략할 수 있다는 의견에는 반대한다. '단호하게' 반대한다고 해도 좋을 것이다. 논쟁거리라고 생각하지도 않는다. 왜냐하면 책에 있는, 특히 간기면(판권 페이지)에 있는 저역자 약력란은 애초에 필자의 신상을 공개하기 위해 있는 것이지 다른 목적으로 있는 게 아니기 때문이다. 병원이든 약국이든 부동산 중개소든 방문하면 눈에 띄는 곳에 면허증이 걸려 있는 것을 보게 된다. 책의 저자가 되기 위해 면허증이 필요한 것은 아니지만 책을 썼으면 자기가 어떤 사람인지 공개해야 하는 것이다. 책은 소셜 미디어 계정이 아니다. 이런저런 이유로 신상을 밝히고 싶지 않거나, 사생활 침해를 받을까 걱정하면서 책을 낸다면 주소를 잘못 찾아온 것이다.

신참 때 어느 저자가 보내온 장황한 약력을 편집할 일이 있었다. '사실만 남길 것'이라는 지침을 받았지만 어려운 주문이라고 생각하지 않았는데 대표의 빨간 줄이 쳐져 되돌아왔다.

"'근간' 같은 건 넣지 마라."

"한 달 뒤에 나올 책이라고 하셔서요."

대표가 반문했다. "아직 안 나온 책이면 아직 사실이 아니지 않나?"

핵심은 책의 저역자 소개가 자기표현의 공간이 아니라는 것이다. 책 내용의 신뢰성을 보증하는 공간일 뿐이다. 백퍼센트 보증된다고 하지는 않았다. 다만 저자가 자신을 공개할 마음이 없으면 신뢰성 보증은 출발도 할 수 없다. '그건 문제가 아니다, 나는 오직 책의 내용으로 승부한다'는 식으로 생각하는 저자가 있을지 모르겠다. 독자 입장에서는 저자 약력이 써 있는 방식을 보면 책 속에서 사실이 어떤 취급을 받을지 예감하게 되는 법이다.

타자가 들어온
방에서

프랑크푸르트 도서전 때의 일이다. 어느 프랑스 저자가 자기 책을 낸 각국 출판사 사람들에게 저녁을 산다고 연락해왔다. 가 보니 생각보다 격식을 차린 엄청난 테이블(대략 칸예 웨스트의 「런어웨이」 뮤직 비디오에 나오는 것 같은)이 있고 내 자리는 저자 옆의 옆이었다. 참석자들은, 옆의 독일인을 포함해서, 모두가 프랑스 말을 잘하는 것 같았다. 그러나 대화의 언어는 곧 영어로 바뀌었다. 프랑스 말을 못하는 나를 배려해야 했기 때문이다. 절반은 프랑스 출판사 사람들이었는데 자기들끼리도 이제 영어로 하는 것이었다. (사실 나는 그러지 않기를 바랐다. 프랑스 말을 못하는 죄로 방에서 영어를 제일 못하는 것까지 들켜야 한다는 건 너무한 일이었다.)

모두의 배려심과 그에 한참 못 미치는 나의 영어 실력

　　　　　업계인

이 만들어 낸 불안한 균형은 늦게 도착한 어느 남유럽 편집자에 의해 깨졌다. 참석자 다수와 구면인 듯한 그녀는 앉자마자 프랑스 말로 이야기했고, 굳이 영어로 말을 거는 프랑스인들의 시도를 간단히 무시했다. 테이블은 이제 그녀 주변의 프랑스어권과, 여전히 서로 영어로 대화하려 애쓰는 사람들로 나뉘게 되었다. 문제의 그녀는 가끔 나를 쳐다보았다. 나도 그녀를 쳐다보았다. 그녀의 국적은 밝히지 않는 편이 좋을 것 같다.

이 일화의 진짜 주제를 깨달은 것은 꽤 나중의 일이다. 핵심은 내가 가장 중요한 인물이었다는 것이다. 프랑스 말을 못하는 유일한 사람이 나였기 때문이다. 나를 배려해 영어를 유지하려 애쓴 프랑스인들의 처신은 훌륭하다. 그러나 기본 이상의 것은 아니다. 문명인의 규칙을 지키려면 그들로서는 선택의 여지가 없었다. 타자를 제쳐 두고 친구끼리 떠들면 안 되지 않는가?

그 남유럽 편집자는 왜 지인들과 편하게 프랑스어로 대화하지 못하고 영어 연극을 해야 하는지 이해가 안 간 듯하다. 그리 명백한 것을 어찌 모르나 싶지만, 너무 한심하게 볼 것은 없다. 어떤 상황에서든 우정을 참지 못하며, 이 세상을 친구가 모인 놀이터, 확장된 동문회장으로 보는 태도는 우리에게 낯설지 않기 때문이다.

그래서 이런 이상한 일들이 벌어진다. 다른 사람과 이야기 중인데 갑자기 나타나서는 추억과 사적인 농담을 늘어놓으며 나를 만난 회포를 푸는 친구. 새 부서에 배치되어 갔는데 자기들끼리 너무나 다정해 보여서 나를 엄청 주눅 들게 했지만 몇 달 지나 보니 실은 별로 친하지도 않았고 그저 새로운 사람을 경계하느라 일시적으로 똘똘 뭉쳤던 것이 드러나는 회사원들. 시청자들 앞에서 윗 기수를 '선배님'이라고 하며 친분을 드러내는 예능 프로그램 출연자. 공식 지면에서 지도 교수를 '선생님'이라 부르며 사적인 언어로 인터뷰나 서평을 진행하는 대학 교수 등등. 마지막 예들은 곤란한 문제를 제기한다. '선배님'과 '선생님'은 관계 밖의 타자를 즉각 소외시키는 호칭이지만, 사실 다른 호칭도 없지 않은가? 한국에서 연장자를 이름으로 부를 수는 없으니 말이다. 그러나 이 곤란은 우리가 해결할 문제이지 타자가 초래한 것은 아니다.

타자가 없는 척하지는 않는 것이 대단한 일은 못 된다. 어렵지도 않다. 타자와의 거리만큼 친구와 떨어지면 된다. 사람들 사이의 이상적인 거리는 접어 두자. 그저 공적 장소, 타자가 있는 곳에서는 그 거리가 균일해야 한다는 말이다.

우리는 공정함을 이야기하고 타자를 포용해야 한다고 이야기한다. 그러나 다른 사람에게 허용된 거리보다 근접해

오는 친구를 막지 못하면 공정함도 포용도 불가능하다. 친구가 공간을 우정으로 채워 버리면 타자는 바로 그것을 견디지 못하고 말없이 빠져나간다.

골방의 관리자

직장 생활을 해 본 사람 중에 윗사람에게서 다음과 같은 말을 한두 번이라도 들어 보지 않은 사람은 별로 없을 것이다. "안 보는 것 같아도 다 보고 있다. 여기 앉아 있으면 다 보인다." 이 말은 들을 때마다 새삼 놀라움을 불러일으킨다. 그게 어떻게 가능한가? 정작 내 쪽에서는 얼굴도 보기 힘든 사람이 언제 나를 들여다본다는 걸까?

1. 직급이 높아지면 자동적으로 신비스러운 천리안을 갖게 된다. 2. 회사나 경영의 구조가 푸코가 말하는 파놉티콘처럼 짜여 있다. 직원은 다 들여다보이는 원형 감옥에 들어 있다. 3. 마키아벨리가 『군주론』 서문에 썼듯 "산의 모습은 평지에서 봐야 알 수 있고 평지의 모습은 산에서 봐야 안다." 즉 직원의 진실은 관리자만 알 수 있다. 4. 애초에 신기

한 것은 하나도 없는 것으로, 그저 높은 곳에 있으면 '너희들'에 대한 정보가 다양한 경로로 모여든다.

아마 어느 정도는 다 맞는 말일지도 모른다. 아무튼 윗사람이 부모 같은 어조로 경솔한 자식을 타이르듯 '다 보고 있다'고 말하는 장면에는 뭔가 매혹적이고 죄의식을 자극하는 지점이 있다. 이제는 회사를 직접 경영하는 과거의 동료로부터 저 말을 듣기도 한다. 그럴 때 나는 동감한다는 듯이 고개를 끄떡이지만, 속으로 왜 나는 이 나이를 먹도록 다 보기는커녕 갈수록 팀원들에 대해 아무것도 모른다는 느낌밖에 갖지 못하는지 답답해지면서, 이게 어떤 인간들에게는 결코 도달할 수 없는 깨달음의 영역인가 자문해 보는 것이다.

그러다 얼마 전 갑자기 이게 무슨 얘기인지 알 것 같았다. 다 본다는 것은 숫자를 본다는 뜻이 아닐까. 합계와 평균, 최솟값과 최댓값, 증감율과 추세가 있는 숫자 말이다. 물론 회사에서 말하는 숫자란 실적을 의미한다. 문제를 너무 단순화하지 않기 위해 숫자 그 자체는 판단이 아니고, 언제나 해석이 요구된다는 말은 덧붙여야겠다. 그러나 모든 것이 한눈에 명료하게 파악된 것 같은 느낌을 주는 건 대개 숫자의 영역인 것이다.

이런 걸 고민하는 사람도 있다. 팀원에게 지난주까지

작성을 지시한 보고서를 왜 아직도 가지고 오지 않는지, 재촉을 해야 할 텐데 언제쯤 하는 게 적당할지, 오전에 보니 별로 표정이 좋지 않던데 오늘 얘기하는 게 과연 현명할지, 한다면 어떤 말투로 하는 게 효과적일지 등등. 이런 태도가 적합하지 않다는 것은 말할 필요도 없는 일이다. 이런 식의 세심함은 진실을 낳지 않는다. 아니, 내가 무슨 수로 타인의 사정과 진실을 알겠는가? 내가 뭘 해야 하는지도 모른다는 게 더 큰 문제가 아닐까?

무슨 카프카 소설처럼 골방에서 나오지 않고 조직과 개인의 실적만 들여다보고 있는 관리자. 그가 수많은 것을 놓치고 있다는 것은 자명하다. 예컨대 그는 회사 분위기라든가 직원들의 개인적 진실을 모를 것이다. 그러나 그가 가장 중요한 것을 놓치고 있다고는 말할 수 없다. 살다 보면 우리는 각각의 진실들이 등가인 것이 아니고 우선순위에 따라 굴복시키고 굴복하는 관계임을 알게 된다. 이익을 내야 하는 조직에서 단 하나만 챙긴다면 무엇이어야 할지는 분명하다. 적어도 골방의 관리자는 자기에게 필요한 것이 뭔지 알고, 그것을 이미 갖고 있는 것이다.

이렇게 해서 우리는 높은 사람이 실제로 모든 것을 다 내려다보고 있을 리는 없다는 상식적인 관점으로 되돌아간다. 단지 그가 나를 보지 않는다고 해서 나의 진실까지 못

보는 건 아닌데, 나의 진실이란 그의 책상 위에 올라가 있는 어떤 숫자인 것이다. 그가 관심 있는 것은 나의 진실이지 나 자신은 아니라는 것은, 말할 필요도 없는 일이다.

잘 붙잡아 둔
배움

별로 여러 회사를 거친 것도 아니지만, 근무 중인 회사의 경영권이 넘어가는 일을 세 번 겪었다. 사장이 아니라 오너가 바뀌는 일 말이다. 당일 아침에 "여러분의 행운을 빕니다." 라는 황당한 통보를 듣고 이십 분 뒤 새로운 오너와 면담한 일도 있었다. 오너가 바뀌면 예외 없이 전보다 힘들었다. 특히 세 번 중 마지막의 경우는 내가 더 이상 어린 직원이 아니고 다른 직원들을 이끄는 입장이었기 때문에 꽤 괴로웠다. 사실 이끌지도 못했다. 그건 다른 주제니까 여기에서는 생략한다.

가장 큰 곤란은 다른 업계에서 온 새 오너의 말을 잘 알아들을 수 없었다는 것이다. 어떤 지시를 받으면 늘 두 가지 문제가 있었다. 첫째, 그 일에 관계된 '관행' 또는 업계 상식이 어디까지 용인될지 알 수 없었다. 둘째, 무엇이 '관행'인지 나도 몰랐다. 늘 관행에 젖어 있기 때문에 관행인 줄도 모르고 있었음이 밝혀지는 식이었다. 그 역시 의사소통에 답답함을 느꼈을 텐데, 내가 할 수 있는 일은 회의 시간에 오너가 하는 말을 한 자라도 놓칠세라 깨알같이 받아 적는 것이었다. 그걸 일하는 중에도 읽고, 보고서를 제출하기 전에도 읽고, 복사해서 직원들에게도 참고하라고 나눠 주기도 했다. 물론 이런 애처로운 방법 외에 능력을 발휘해서 신뢰를 획득한다는 좋은 방법이 있다는 건 알고 있었다. 나는 이 년 반 뒤에 퇴사했다.

몇해 전 서울대 우등생 중 대략 90퍼센트가 교수의 강의를 토씨 하나 빠뜨리지 않고 받아 적는다는 뉴스가 화제가 되었다. 총명한 학생들이 고백한 바에 따르면 ― 여기에는 자기 비하적인 유머가 없지 않다고 생각되는데 ― 그게 좋은 성적을 얻는 가장 좋은 방법이기 때문이었다. 한편 비교가 된 미국의 명문대생들은 이런 답답한 일을 하지 않았다. 그들은 어떤 성적군에 속하든 시험 전략에 무관심했다. 이는 고학점자일수록 전략에 신경 쓰는 서울대생과 뚜렷이 대조되는 모습이었다. 자, 얘기가 이렇게까지 나왔다면 뉴스의 결론이 서울대, 나아가 한국의 교육이 창의성을 억압한다든지 시대에 뒤졌다든지 하는 기지(旣知)의 사실로 회귀해서는 안 되는 것이 아닐까? 여기에서 가장 인상적인 것은 시험 전략에 대한 미국인들의 무관심이다. 이왕 비교 조사를 했으면 이 무관심이 어떻게 가능한지, 그게 무엇을 의미하는지 밝혔더라면 좋았을 것이다. 왜냐하면 모든 차이를 낳는 것은 바로 그것인 듯하기 때문이다.

교수가 강의 때, 또는 사장이 회의 때 하는 말을 학생이 빠짐없이 받아 적는 것은 시험 같은 특수한 스트레스 상황에 대처하기 위함이다. 시험이 스트레스 상황이 아닌 적은 없지만, 문제는 스트레스가 시험 기간만이 아니라 학기 내내, 사 년 전체를 지배할 정도로 지독해졌다는 것이다. 늙어버린, 교수와 같은 나이가 된 세대는 이 광경을 여전히 이해하지 못하는 게 분명하다. 그동안 88만원 세대부터 헬조선까지 취업을 박탈당한 세대에 대한 여러 담론이 출현했지만, 왜 학생들이 자기들 때와 다르냐는 문제에 이르면 다들 사회 경제적인 분석이 멈추는 모양이다.

받아 적기를 스트레스 상황에 대한 임시방편쯤으로 폄하할 수도 없을 것 같다. 1513년 마키아벨리는 친구에게 이런 편지를 썼다.

단테가 말했듯이, 배운 것을 잘 붙잡아 두지 않는다면 지식이 되지 않기 때문에, 나는 현인들과의 대화에서 얻은 배움을 적어 두었다.

지식은 새로운 것의 생산이고, 생산에는 재료와 창고
가 필요하다는 뜻이다. '잘 붙잡아 둔' 배움의 모습은 필기
일 수도 있고 암기일 수도 있다. 암기를 위해서라도 필기는
해 두어야 할 것 같다. 생각해 보니 받아 적기 자체에는 별
로 죄가 없는 것 같다.

걸레 접기의
기술

대중들의 고민에 대해 간결하고 명쾌한 답을 주기로 유명한 어느 스님의 상담 영상을 유튜브에서 가끔 찾아서 보곤 한다. 대개 이런 식으로 전개된다.

"회사 다니기가 괴롭습니다. 어쩌면 좋을까요?"

"아, 그럼 그만두세요."

"그런데 지금 그만두기는 좀 곤란한 상황이거든요."

"아, 그럼 다니시고."

처음에는 스님의 일 초의 에누리도 없는 단호함에 속이 뻥 뚫리는 느낌인데(문답 중에 늘 예기치 않은 코믹한 순간이 찾아온다.) 계속 보다 보면 마음이 무거워진다. 질문자들이 원한 게 뭘까? 곤란한 상황의 마술적인 타개책을 정말로 기대한 걸까? 아니면 약간의 낯간지러운 위로와 공감의 말이 듣고 싶었던 것일까? 분명한 건 스님은 어느 쪽이든 줄 생각이 없다는 것이다. 그저 삶은 누구에게나 고생스러운 것이고 선택의 결과는 각자가 감당할 몫이라는 진실을 냉정하게 상기시켜 줄 뿐이다. 이런 의도가 잘 전달되지 않는 것을 염려했는지 한번은 이런 말을 하기도 했다. 자신이 대중을 상대로 고민 상담을 해 주니 부드러운 마음씨를 가졌을 거라고 더러 오해도 하는 모양이지만, 실상 자기처럼 까다로운 사람도 없다는 것이다. 일례로 걸레도 반드시 어떤 모양으로 접어서 어떤 동작으로 닦아야만 법당이 깨끗해지는데, 그대로 따르지 않고 멋대로 하는 제자는 크게 혼이 난다고 한다.

그런데 걸레 접는 모양을 지시하는 것이 꼭 까다로운 성품의 증거인지는 의문이다. 일을 잘한다고 하는 사람들 — 무리 없이 해내는 정도가 아니라 완벽하게 끝내는 사람들 — 과 가끔 마주치는데, 그들의 공통 특성이 바로 이런 목표에 대한 방법의 우위인 것 같기 때문이다. 예컨대 걸레질을 눈에 띄게 잘하는 사람이 있다면, 열심히 했네요 식으로 넘기지 말고 비법을 물어보라. 그러면 주어진 과제를 그냥 수행하지 않고 자신의 언어로 재구성한 다음 최적화된 방법을 찾아내는 사람의 통찰을 듣게 된다. 아마 법당 마루를 깨끗하게 닦기라는 추상적인 목표는 먼지를 한 방향으로

만 빌어내기, 방금 닦은 부분에 오염된 걸레가 다시 닿지 않게 하기 등등의 몇 가지 기본 규칙으로 재구성되었을 것이고, 이에 합당한 모양으로 걸레 접는 방법, 팔 움직이는 방법이 도출되었을 것이다. 그리고 역으로 이렇게만 하면 법당이 깨끗해지는지 실험으로 확인도 했을 것이다. 이쯤 되면 방법은 이미 목표와 결과를 자신 속에 포함하고 있어서 '방법'이라고만 부르기도 어렵다.

방법의 우위를 선명하게 볼 수 있는 곳이 수험생들의 공부법 책이다. 이런 책에서 공부 잘하기 같은 추상적인 목표는 대개 월 300시간 공부하기처럼 구체적으로 재설정된다. 그러나 좀처럼 책상 앞에 못 앉아 있는 학생들에게 그게 가능할까? 한 책에는 별로 어렵지 않은 어떤 훈련을 매일 하면 몇십 일 뒤 누구나 이 공부 페이스에 도달한다고 적혀 있었다. 맞건 틀리건 난 감명을 받았다. 저자는 이 방법의 발견이 너무 기뻐서 이를 다듬고 정교화하는 데 몰두할 뿐, 정작 본래의 목표('공부 잘하기'였던가?)는 크게 신경 쓰지 않는 것 같았기 때문이다. 그건 합당하고 본받을 태도로 보였다. 방법이 올바르다면 목표는 저절로 달성되어야 하지 않을까? 그리고 저절로 달성되는 것들은 중요성이 0으로 수렴되는 게 맞지 않을까? 그들이 목표보다 방법을 더 중시하는 것처럼 보이는 게 당연하다. 왜냐하면 딱히 목표를 따로 강조할 필요가 없기 때문이다.

우리는 어릴 때 목표가 우선이고 방법은 부차적이라고 배워 왔다. 살아갈수록 어설픈 목표나 기획은 결국 사람의 노력이나 인내에 의지하려 할 뿐이라는 걸 알게 된다. 목표가 좋은 것보다 좋은 방법을 찾아내는 게 더 중요한 문제로 보인다. 생각해 보면 좋은 방법을 찾아낼 능력이 있었던 목표는 이미 실현되어 우리가 더 신경 쓸 필요가 없는 상태가 되어 있을 것 같다.

책상의 넓이

월말이면 회사의 각 부서로부터 다음 달 계획서를 받는다. 이것들을 순서대로 모아서 한 권의 책처럼 철한다.(좀 고색창연해 보이지만 업종이 그렇다.) 그걸 여러 벌 만든다. 경영자와 부서장들에게 한 부씩 돌아가야 하니까. 스테이플러로 찍고, 뾰족한 심이 튀어나온 곳을 롤러로 굴리고, 종이테이프를 둘러 완성한다.

　이 작업을 몇 년 했는데, 그때마다 신비로운 생각에 잠기곤 했다. 아마 이 일을 가장 천천히 마치는 방법은 한 부씩 철해서 완성해 가는 것일 테다. 그렇게 한 적은 없다. 부서별 계획서들을 책상 위에 카드를 돌리듯 순서대로 쌓고, 그 여러 벌을 철컥철컥 철하고, 모두 척척척 뒤집어서 뾰족 튀어나온 심들을 드르륵드르륵 한 번에 눕히고, 좍좍좍 테이프를 붙여서 완성한다. 충분히 단순한 과정이지만, 여기에서도 더 단순하게 쪼갤 여지가 있고, 그러면 시간은 더 단축된다. 왜 모든 일은 단순하게 나눌수록 빨라질까? 물론이 개인 작업의 '분할'을 여럿의 분업으로 바꾸면 속도는 다른 차원이 될 것이다.

애덤 스미스의『국부론』첫 장은 왜 분업이 빠른가라는 질문에 답한다. 이유는 세 가지다. 첫째, 노동자 개개인의 솜씨 향상. 둘째, 한 작업에서 다른 작업으로 넘어갈 때 잃어버리는 시간의 절약. 셋째, 기계의 도입. 위의 서류철 작업으로 돌아가면, 가장 관련이 큰 것은 둘째 이유 '잃어버리는 시간의 절약'이다. 만일 5개의 작업 순서로 이루어진 서류철을 10벌 만든다면, 나는 선택할 수 있다. 한 권씩 차례대로 만들어서 50개의 공정을 거칠지, 아니면 작업을 10회씩 반복하는 5개의 공정으로 끝낼지. 50개의 공정은 49회의 작업 변경과 시간 손실을 발생시킨다. 5개의 공정은 4회의 작업 변경과 시간 손실로 끝난다. 이제 의문은 풀렸다. 결국나는 작업 변경 횟수를 92퍼센트 단축함으로써 시간을 번 것이다.

그런데 이것을 현실의 작업장에 바로 적용할 수는 없다. 공간이라는 조건을 고려해야 하기 때문이다. 서류철 10벌을 만듭시다. 작업 변경 횟수를 줄이면 열 배가 빠르죠. 아……

책상이 작아서 서류 10벌을 늘어놓을 수 없는데요. 만일 책상 공간이 노트북 크기 정도라면 서류 2벌 올려놓기도 어렵다. 1벌씩 만드는 비능률 외에는 선택의 여지가 없다. 즉 작업 분할의 시간적 이득은 작업 변경을 억제 또는 연기해서 생기는데, 공간이 이를 감당할 수 있어야 한다. 우리의 이득은 시간에 지불할 것을 공간에 떠넘김으로써, 공간을 시간과 맞바꿈으로써 생긴 것이기 때문이다.

오래전에 들었던 얘기다. 일본의 요리 고수들은 요리가 끝났을 때 주방 정리도 같이 끝나 있다고 한다. 매순간 치우는 것을 병행하는데, 어떤 일이든 최대 공간을 확보한 상태에서 하기 위함이라고 한다. 그런가? 최대 공간 확보의 실질적인 의미는 뭘까? 정신 집중? 안전? 궁금했는데, 이제 이유를 알 것 같다. 급할 때 무엇이든 늘어놓을 수 있기 위해서가 아닐까? 즉, 필요시 시간과 교환할 공간을 갖기 위해서 말이다.

물론 노동자가 자기 책상을 잘 치우고 있는가는 개인의 자질과 관련된 쟁점이다. 그러나 어떤 일이든 제대로 하기 위해서는 생각지 못했던 것들을 늘어놓을 수 있는 공간이 필요하다는 것은 그보다 앞서는 고려 사항이다. 한 작업을 능률적으로 처리하는 것뿐 아니라 멀티태스킹이 요구되는 시대라면 더 말할 것도 없다. 2009년의 한 연구는 한국

의 평균 책상 넓이를 130×70센티미터로 추산했다. 널찍하
다고 하기는 어려운 수치이다. 십 년이 지났는데 그보다는
여유가 생겼기를 바란다.

단순 작업

꽤 오래전 출판과 관계없는 직장에 들어갔을 때에 일이다. 연수를 마치고 현업에 배치된 뒤 첫 일이 고객들에게 체납 고지서를 발송하는 일이었다.

누군가가 고지서 뭉치를 출력해 오면 그걸 직원별로 분배한다. 분배된 고지서들을 봉투에 한 장씩 넣은 뒤 풀로 붙여 봉한다. 이렇게 각자 몇 백 통을 붙이고 나면 그날 우체국 가는 당번이 이를 거둬 갔다. 여기에서 자동화되었다고 할 수 있는 부분은 고지서 출력밖에 없었다.

이 일을 일 년 동안 했는데, 윗사람들은 마주칠 때마다 어쩔 줄 몰라 하며 "이런 일을 시켜 미안하다."라고 하는 것이었다. 나는 어떻게 대답해야 좋을지 잘 몰랐다. 왜냐하면 작업 자체에 아무런 불만이 없었기 때문이다. 뙤약볕 아래서 힘을 쓰는 일도 아니고, 위험하지도 않았다. 그런 편안한 일치고는 보수도 좋은 편이어서 오히려 내가 미안할 정도였다. 고지서들을 한 장 한 장 봉투에 넣을 때나 봉투에 풀칠을 할 때, 그리고 접어서 봉할 때 나는 소리늘이 아수 닐성하고 규칙적인 리듬에 도달하는 순간이 있었다. 그러면 손의 움직임은 이미 무의식적으로 이루어지고 마음은 잡념이 사라져 평화로웠다.

그게 왜 그처럼 깊은 만족감을 주었을까? 그 뒤 나는 삶이 피곤해질 때마다 평화롭게 봉투 붙이던 기억으로 되돌아가곤 했는데, 결국 깨닫게 되었다. 단순 작업이 가져다주었다고 믿은 마음의 평형 상태가 실은 그 직장의 안정성을 반영하고 있었을 뿐이라는 걸 말이다. 만일 내가 임시직이었거나, 툭하면 관리자가 다가와 "왜 이것밖에 못 붙였나?" 하고 혼을 내는 회사였다면 이 기억 전체는 악몽이 되었을 것이다.

채플린의 영화 「모던 타임스」는 단순 작업을 극히 부정적으로 묘사한다. 공장에서 주인공의 일은 컨베이어 벨트에 실려 오는 부품의 나사를 죄는 것이다. 하루 종일 정신없이 나사 죄는 일만 하던 주인공은 눈에 띄는 모든 것을 스패너로 죄어야 하는 강박에 시달리게 된다. 의미도 없고 파편화된 노동의 종착역은 정신병원이라는 섯이나. 어기에서 재플

린은 물건 하나를 혼자서 완성해야 '유기적인 노동'이고 분업으로 일부만 담당하는 것은 '물화(物化)된 노동'이라고 폄하한 20세기 철학자들의 교설을 떠올리게 만든다. 다만 영화가 이 주제를 파고든다고 보기는 힘들다. 주인공의 정신을 파괴하는 주범은 파편화된 노동의 반복 자체라기보다는 미친 듯이 변하는 컨베이어 벨트의 속도임이 곧 드러나기 때문이다. 관리자가 모니터로 노동 과정을 감시하면서 컨베이어 벨트의 속도를 한계 이상으로 밀어붙이는 것이 핵심이다. 그런 적나라한 통제 앞에서는 유기적인 노동도 무력하기는 마찬가지다.

노동의 온전함을 해체하는 것은 단순화가 아니라 관리와 통제라는 것을 받아들이면 우리는 단순 노동 자체를 좀 더 객관적으로 바라볼 수 있게 된다. 단순 노동이 소모적이고 정신의 피폐함을 초래한다는 요즘의 선입견과는 달리, 이를 근대적이고 명석한 것으로 바라보던 때도 있었다. 18세기 애덤 스미스는 분업이 왜 효율적인가라는 질문에 대해, 기계의 도입을 촉진하기 때문이라고 답했다. 어떻게? 일이 단순해질수록 노동자는 자기 작업에 좀 더 집중하게 되고, 쉽고 빠른 방법을 궁리하게 된다는 것이다. 스미스는 산업혁명 초기 제조업 기계의 대부분이 꾀 많은 노동자들의 발명이었던 것을 목격한 사람이었다. 분업은 저절로 기계를 낳지 않는다. 중간에 노동자의 지성이라는 계기가 필요하다. 그리고 일의 단순화는 그 지성이 출현하기 위한 조건이 된다.

'오직 단순화하라'가 일터의 모토가 되면 좋지 않을까. 단순화된 일 속에서 우리는 창의적일 수 있고 때로는 정신적 휴식도 취할 수 있으니 말이다. 좋은 일이란 아마 그 두 가지를 다 주는 일을 말하는 것일 게다.

문학을 하려는
유혹

ㄱ 씨는 누가 보아도 사회적으로 가장 성공한 사람이었다. 평사원으로 시작해 그 자리에 오를 때까지 거의 실수가 없었을 것 같은 이력도 인상적이었지만, 책 계약을 상의하러 직접 만났을 때는 조용히 뚫어 보는 듯한 시선 때문에 마음이 불안할 정도였다. 그런데 그에 대한 존경심은 원고를 받아 볼 때까지였다.

편집을 시작해 보니 이분이 뜻밖에도 문학적 수사가 과도한 격언조의 말을 첨가하려는 유혹을 참지 못하는 사람이라는 것을 알게 되었다. 이는 큰 문제로 보였다. 편집자는 글에 대해 엄청나게 까다로운 취향을 가졌을 거라고 짐작하는 사람이 많은데, 실은 그렇지 않다. 편집자마다 개인차는 있겠지만 오히려 그 반대라고 보는 게 사실에 부합할 것이

업계인

다. 거칠고 미숙한 표현이나 번역 투의 문장도 그게 필자의 진실을 드러내고 있다면 손대지 않는 게 옳다고 보는 편이다. 그러나 이분은 인간의 냉혹한 생존 전략을 이야기하는 책에서 뜬금없이 감상적인 문장들을 물쑥물쑥 끼워 넣고 있었다. 이것은 적절하지 않은 정도를 넘어서, 다른 어느 것보다 하지 말았어야 할 일처럼 보였다.

필요한 말만 담백하게 적는 게 아주 쉬운 일은 아니다. 발터 베냐민에 따르면 나쁜 작가의 특성은 "아이디어가 많이 떠올라서 허우적대는" 것이다. 글을 쓸 때면 이런 경향을 피하기 어렵다. 펜대를 잡으면 누구나 조금씩은 문학가가 되기 때문이다. 글의 이상형은 문학이고, 문학은 '뭔가를 예쁘게 말하는 것'이라는 통념이 있으니 이런 경향이 자연스럽다 할 수도 있겠다. 그러나 정작 필요한 내용을 명확하고 신속하게 전달하는 데 방해가 되는 이런 '문학화'가 별로 좋은 문학에 속하지 않는다는 것을 깨닫는 데는 그렇게 많은 문학적 교양이 필요한 것도 아니다. 비문학을 문학처럼 쓰는 건 우스운 일이라는 것은 중고등학생도 안다. 문제는 이를 알아도 자기 글에서는 문학화를 통제하지 못한다는 것이다. 통제력은 훈련의 결과이므로, 비문학적 글을 너저분하지 않게, 가장 깔끔하게 써낼 수 있는 사람은 다름 아닌 직업 문학가라는 역설도 가능할 것이나.

그렇다면 전 국민이 문학가가 되어야 한다는 말인가? 물론 아니다. 그럴 필요가 뭐 있겠나? 모든 사람이 글을 쓰는 것도 아니고, 글을 쓰는 모든 사람이 책을 써서 출판사에 보내는 것도 아닌데 말이다. 모두가 문학을 '가식적으로 표현하는 활동' 정도로 여긴다 한들 그 또한 뭐 큰 문제겠나? 이미 추락한 문학의 위상을 재확인하는 것 말고는 누가 다칠 일도 없는데 말이다. 그런데 최근에는 그렇게 태평하게 볼 수만은 없다는 생각이 들었다. 신문 앞쪽 면들을 넘기다 보면, 사람들이 구체적인 사실을 회피하기 위해 문학적 수사를 동원하는 것을 자주 볼 수 있었다. 그런 시도가 효과적인지는 둘째치고, 문학을 그런 일에 써도 정말 괜찮은 것일까. 문학이란 오히려 뭔가를 가리고 칠하는 것이 아니라 담담하게 직시하는 태도를 말함이 아니었을까. 가짜 뉴스뿐 아니라 가짜 문학도 정치 담론에 참여하는데, 이게 버리지 못한 문학열 때문인지 철저하게 냉소적인 문학관 탓인지는 모르겠다.

결국 좋지 않은 문학에는 공통점이 있다. 똑바로 말하면 될 때 문학을 하려 한다. 그러니 오히려 사람들이 비문학가들, 자신을 문학가라 부르지 않는 이들에게서 늘 어떤 진정한 문학을 발견하게 되는 건 이상한 일이 아니다. 진정한 문학이 무엇인지에 대해서는 여러 관점이 있을 것이다. 다

업계인

만 그럴듯한 대사를 읊지 않고는 못 배기는 태도보다는, 사실이 말하기를 조용히 기다리는 편이 좀 더 괜찮은 문학에 가까울 것은 분명해 보인다.

업계인과
데이비드 보위

추모사는 대개 겸손한 어조로 작성되기 어렵게 마련이다. 작성자가 고인과 특수한 관계였다면 — 자신이 등장하는 수많은 디테일이 회상될 것이다. 생전의 고인을 몇 번 봤을 뿐이라면 — 그 몇 회의 만남이 얼마나 의미심장한지 설명될 것이다. 만난 적은 없다면 — 고인에 대한 새롭고 중요한 생각 몇 가지를 말할 것이다. 사실 잘 알지도 못한다면 — 흠. 이때도 에고는 길을 찾는 데 별 곤란을 느끼지 않을 것 같다. 추모사라는 형식에는 조심성을 무너뜨리는 무엇이 있다. 이렇게 쓰고 있지만, 작성자가 스스로를 본의 아니게 부각시킨들 뭐 그리 대수냐 싶기도 하다. 읽고 나서 누가 장례식의 주인공인지 알쏭달쏭한 정도만 아니면 넘어갈 수 있지 않을까. 중요한 건 고인에게 예를 표하는 것이니 말이다.

영국 팝가수 데이비드 보위가 타계했을 때 그룹 아케이드 파이어에 참여했던 오언 팰릿이 쓴 추모사는 복잡한 반응을 불러일으켰다. "보위는 음악가가 아니었다."라고 그는 썼다. "그의 위대성은 다른 데에 있었다. 음악적이지 않았다는 것이 그의 가장 큰 자산이었다." 팰릿은 '음악가'가 무엇을 뜻하는지 설명한다. 음악가란 "박자를 잘 맞추고 음을 정확하게 짚는" 일종의 숙련된 기술자이다. 또는 악상을 "라디오에서 좋아할" 매끈한 곡으로 전개할 수 있는 감각의 소유자이다. 그런 점에서 자신은 음악가이지만(이 말은 굉장히 겸손하게 들린다.) 보위는 끔찍한 음악가이거나 또는 음악가가 전혀 아니었다. 물론 팰릿은 자신이 어렸을 때부터 보위에 매료된 존재라는 점을 장황하게 고백한다.

몇몇 용어나 고유명사가 바뀌어 있을 뿐, 팰릿의 논지는 우리에게 익숙한 것이다. 그는 음악가를 이른바 업계인이라는 의미로 사용한다. 그는 업계인의 일반적인 능력을 초월하는 사람을 만났을 때 생기는 경이의 느낌을 전달하려고 애쓰고 있다. 데이비드 보위가 일반적인 의미의 음악가가 아니었다는 것은 명백한 사실이다. 그는 음악계에 다른 시각을 가지고 왔다. 다른 사람이 본 적이 없는 것들을 계속 만들어 냈다. 전무후무한 상업적 성공까지 거두었다. 이런 특수한 인물을 감히 업계인이라고 생각하지 못하는(하고 싫지 않은) 것은 당연한 일이다. 비록 그가 수십 년간 업계에서 활동하고 있었더라도 말이다. 토마스 만에 따르면 모든 개성적인 것은 이국적인 것으로 여겨진다고 하는데, 특출한 능력도 비슷한 운명인 듯하다.

보위 같은 존재들 덕분에 우리는 뭔가 대단한 것을 이루기 위해서는 업계인 같지 않은 사람이 필요하다는 생각에 익숙해진다. 이미 완전히 적응한 그만그만한 업계인의 모습으로는 뭔가 될 리가 없다고(맞는 말이다.) 생각한다. 업계인 같지 않은 사람들은 당연히 외부에 있다. 이것이 외부인 영입의 논리이다. 게다가 우리는 약간의 도덕적인 이유에서 각 분야의 아마추어를 사랑하지 않는가? 외부인은 참신한 시각을 가지고 올 것이고, 이제 우리는 새로운 활력을 얻게 될 것이다. 그러나 업계인들 모두가 경험으로 알고 있듯이 그런 행복한 결말은 많지 않다. 생각해 보면 우리의 출발점 자체가 외부인의 색다름이었다기보다는 특수한 인간의 탁월함이었으니 당연한 일이다.

외부인을 수혈하지 말자고 말하진 않았다. 단지 아쉬운 것은, 영입할 수 있는 외부인은 사실 업계 내부인보다 더 업계에 밝은 사람이어야 한다는 것뿐이다. 그게 애초의 취지에 맞다. 어려운 조건이지만, 그러지 않으면 그 뒤의 모든 것이 어렵다. 역으로 업계인 역시 외부인의 시각을 가져 보

려고 해야 한다. 대체로 불가능하지만 이 환상이 시작되는
데 책임이 있는 몇몇 사람은 멋지게 해내기도 한 일이다.

닉 드레이크의
보상 없는 삶

닉 드레이크는 언제부터 '성공'하기 시작했는가. 거의 주목받지 못한 앨범 세 장을 낸 스물네 살의 무명 가수는 낙향을 결심한 1972년 어머니에게 이렇게 말했다. "해 보려고 한 일은 다 실패했어요." 이 년 뒤 그는 세상을 떠났다.

1979년 음반사가 앨범 세 장을 묶어 세트 상품을 내놓았지만 팔리지 않았다. 1986년 웬 외국인이 찾아와 닉의 전기를 쓰고 있다면서 부모와 인터뷰를 했다. 덴마크에서 출판된 이 책은 영어권에는 거의 알려지지 않았다. 80년대 말, 매체에서 그의 이름이 가끔씩 언급되더니 90년대 중반이 되자 갑자기 모든 음악계 사람들이 너도나도 닉 드레이크에 대해 한마디씩 하게 된다. 소수의 지인들이 어리둥절할 정도였다. 1999년 닉의 「핑크 문」이 폴크스바겐 신차 광고에 쓰였다. 광고를 만든 미국인 넷은 닉의 노래에 각별한 기억을 가진 사람들이었다. 《뉴욕 타임스》에 따르면 그해 닉의 음반 판매량은 열두 배로 치솟았다. 2004년 BBC 다큐멘터리 「닉 드레이크를 찾아서」에는 브래드 피트가 내레이션을 맡았다. "오 년 전 그의 음악을 처음 접하고 열렬한 팬이 되었기 때문"이었다.

닉 드레이크의 사후 성공담은 사람들이 매료될 만한 이야기이다. 여기에는 보상받지 못하고 낭비된 인생, 수줍은 사람이 자초한 고독과 망각 등 우리에게 익숙한 여러 주제가 들어 있다. 음반, 영화, 책 등 기록매체 업계인들이 좋아할 법한 이야기이기도 하다. 기록물이 영원한 이상 '정당한 평가'를 받을 날은 반드시 온다고 약속하는 것 같다. 닉 드레이크 식의 전설은 이런 기대를 과장하는 경향이 있지만 업계인들은 이게 환상만은 아니라고 느낀다. 당장은 팔리지 않아 창고에 쌓여 있는 것들이 나중에 어떤 계기로 팔리게 될 것이라는 기대가 없다면 이런 업종은 존립 가능하지 않다. 닉의 이야기가 업계인에게 주는 것은 마치 이 사업이 영원히 계속될 수 있을 것 같은 안도감이다.

한 가지는 짚고 넘어가자. '1999년 음반 판매량이 열두 배가 되었다'는 말에서 알 수 있듯 닉의 음반은 사실 조금씩이라도 계속 팔리고 있었다. 전해 판매량은 6000장. 많은

지 적은지 판단이 어려운데, 아무튼 닉 드레이크는 절판된 적이 없다. 애초에 절판은 하지 않기로 계약했기 때문이다. 그 결과 닉의 음반들은 아무리 안 팔려도 음반사 카탈로그에 계속 들어 있었다. 만일 사람들이 닉의 노래를 찾기 위해 중고 레코드점이나 도깨비시장을 뒤져야 했다면 총 30년이 걸린 닉의 부활은 그보다도 느리게 진행되었을 것이다.

죽기 얼마 전 그는 친구에게 전화를 걸어, 그답지 않게 아주 격앙된 목소리로 당장 만나러 가겠다고 말했다고 한다. 머리는 떡이 져 있고, 옷은 꼬질꼬질하고 손톱에는 까맣게 때가 낀 모습에 놀란 친구에게 그는 다그치듯 물었다. 내음반에 대해 너희들은 좋다는 말만 했지만, 그럼 왜 안 팔리는가? 왜 세상 사람 아무도 나를 모르는가? 친구가 대답했다. 좋다고 팔리지는 않아. 그런 건 서로 관계가 없어.

이 주목할 만한 일화는 그의 조용한 인격이 결국 압력에 무너졌음을 보여 주지만, 한편 수용자와 예술가가 서로 얼마나 동떨어진 입장인지 확인해 주기도 한다. 예술은 진정한 것이고 상업과는 무관하다는 말은 환멸에 빠진 예술가에게는 별로 도움이 되지 않는다. 작품은 자기 길을 가겠지만, 예술가들은 보상을 원한다. 그 욕망에 잘못된 것은 아무것도 없다.

닉이 남긴 가장 유명한 이미지는 그가 벽돌담에 기대서

서 지나가는 행인들을 바라보는 일련의 사진이다. 첫 앨범 녹음 때 찍은 것이다. 눈에 띄게 키가 큰 청년이 영원의 관찰자 같은 그다운 모습으로 서 있는 사진들이지만 개중에는 닉이 뭔가를 봤는지 너털웃음을 터뜨리는 것도 있다. 지인들은 공통적으로 닉이 가장 행복했던 순간이 첫 앨범 첫 곡을 녹음할 때였다고 말한다. 그는 삶에 많은 기대를 품었던 것이다. 그 기대 속에 사후 삼십 년 뒤의 대성공이 들어갈 자리도 있었을지, 우리는 추측만 할 수 있을 뿐이다.

라디오 드라마와
오디오북

라디오와 TV가 없던 시대의 생활은 이제 해독이 어려운 수수께끼가 되어 가고 있다. "십여 년 전 비가 내리는 어느 일요일, 런던에서 특별히 할 일도 없었던 친구와 나는 같이 소리 내서 읽을 탐정소설을 찾기 위해 기차역 쪽으로 걸어 내려갔다." 1932년 도로시 세이어스가 『미스터리 단편 걸작집』을 편찬하면서 붙인 서문의 첫 구절이다. 이 글은 탐정소설 역사에서 중요한 에세이라고들 하지만, 그런 걸 다 떠나서 엔터테인먼트라는 것이 집에는 없고 극장이나 홀에 가야만 있었던 시대의 풍경을 보여 준다.

친구인 두 여성은 탐정소설 한 권을 사 온 뒤 서로 읽어 주며 시간을 보낼 생각이다. 즉 응접실을 극장 비슷한 것으로 변모시킴으로써 홈 엔터테인먼트가 아직 발명되지 않아서 생긴 무료함을 달래려 한다. 이것을 보면 백 년 전 소설은 우리가 생각하는 것보다 훨씬 드라마 대본에 가까웠고 독서는 청취와 별로 구분되지 않는 활동이 아니었을까 짐작하게 된다.

라디오 드라마는 바로 그때쯤 태어났다. 1922년 미국인들은 브로드웨이 연극을 라디오로 생중계하다가, 아예 스튜디오에 성우팀과 효과음 담당을 모아 놓고 '라디오화된' 연극을 송출하기 시작했다. 1923년에는 처음부터 라디오용으로 쓴 창작극들을 방송하기 시작했다. 그해 편성표에는 스무 개 이상의 창작 드라마가 있다고 하는데, 어떤 이유에서인지 '최초의 라디오 드라마' 타이틀은 영국 작가 리처드 휴스가 쓰고 BBC가 방송한 「위험」(1924)에 돌아가는 경우가 많다. 이 드라마는 가끔 BBC에서 새로 제작되기도 한다.

「위험」은 우연히 탄광의 어둠 속에 갇힌 세 남녀의 대화로 이루어져 있다. 아마 작가는 라디오 드라마를 창조하기 위해 일단은 무대극을 깜깜하게 만드는 데서 출발해야 했던 것 같다. 시시각각 차오르는 물소리가 그들의 대화를 중단시킨다. BBC에서는 드라마 시작 전 집안의 불을 모두 끄고 감상해 줄 것을 요청했다고 한다. 드라마 속 환경과 감상자의 환경을 일치시켜 달라고 요구한 것이다. 이는 상당히 '극장적인' 통제인데, 연극 시작 전 객석의 불을 끄는 것과 비슷하시만, 중요한 것은 이 신생 장르가 몰입 경험의 제공을 처음부터 자신의 강점으로 의식하고 있었다는 것이다. 「위험」은 「탄갱」이라는 제목으로 1925년 도쿄에서, 1935년 경성에서도 방송되었다. 이때도 집의 불을 끄고 감상해 달라는 요구는 계속되었다.

라디오 드라마의 강렬한 몰입 경험은 쉽게 눈에 띄었다. 1950년대 이후의 음반들에는 라디오 드라마를 흉내 낸 효과들이 들어 있다. 라디오 드라마는 꽤나 문학적인 장르이기도 했다. 기성 작가들의 참여가 활발했던 독일에서는 라디오 드라마가 높은 수준으로 발전해서 뵐이나 뒤렌마트, 바흐만의 방송극집은 70년대 한국어로 번역되기도 했다. 이것들은 책으로 읽기 쉽다. 희곡보다도 위화감이 덜하다. 라디오 드라마는 육칠십 년대 TV 보급과 함께 급속하게 퇴조했다. 그 전성기는 딱 오십 년이었다.

지금 라디오 드라마가 다시 문제가 된다면, 스마트폰 덕에 새로운 동력을 얻게 된 오디오북 때문일 것이다. 오디오북은 타인의 낭독을 듣는 것인데, 이것이 묵독과 본질적인 차이가 있다고 보이지는 않는다. 묵독 역시 자기 머릿속에 울리는 음성을 듣는다는 건 같기 때문이다. 오히려 오디오북의 약점은 청취자의 높은 기대에 있는 게 아닐까 싶다. 왜 한 사람이 남녀노소 모든 배역을 다 하고 있는 걸까? 성우를 두세 명만 더 쓰면 좋지 않을까? 라디오 드라마는 방송국의 발명이며, 출판사의 예산으로 그걸 따라 하는 건 불가능하다. 그걸 알면서도 아쉬움을 갖게 된다. 어려운 여건이지만 무슨 방법이 있으면 좋겠다. 좋아하는 책을 라디오 드라마로 듣는 건 영화로 보는 것 못지않게 정말 근사한 경험이기 때문이다.

11월

"이번 11월에는 너한테 전해 줄 소식이 없구나."

　미국 시인 앤 섹스턴이 친구에게 보낸 편지의 한 구절이다. 이유는 알 수 없는데, 이 평이한 구절이 소셜네트워크에서 가장 자주 인용되는 섹스턴의 문구 중 하나가 되었다. 11월이 되면 많은 사람들이 비슷한 느낌을 경험하게 되는 모양이다. 황량한 내면과 아무 일도 일어나지 않는 외부 세계가 하나로 이어진 듯한 감정 상태를 사람들이 정말로 싫어하느냐는 또 다른 문제다.

　이 11월 감정의 상당 부분은 11월이 아무 일도 일어나지 않는 특이한 달이어서가 아니라(그건 불가능하다.) 우리가 그에 부여한 역할에서 나온다. 11월은 옆으로 비켜서 회고하는 달이다. 비키는 건 우리지 11월이 아니다. 이때가 되면 각 매체들은 올해의 기억들을 정리해서 보여 주기 시작한다. 대체로 '올해의 책' 목록이 가장 먼저 나오고, 이어 올해의 영화, 공연, 히트 상품 등이 차례로 게재되는 것이 보통이다. 올해의 인물이나 사건 사고는 조금 늦게 발표되는 편이지만 이들도 12월이 되자마자 공개할 수 있도록 11월에 온라인 투표가 진행된다.

이런 회고에 수고와 시간이 들지 않는 건 아니다. 서평지 《타임스 리터러리 서플러먼트》는 매년 11월 20일 전후로 올해의 책 목록을 발표한다. 이 목록은 60여 명의 작가들로부터 받는 독후감으로 되어 있기 때문에 준비 기간을 감안하면 대부분의 원고가 10월 이전에 쓰였을 것이다. 그렇다면 '올해의 책 코너에 실을 선생님의 원고를 부탁드립니다' 하는 청탁서는 8월에는 도착해 있어야 할 것 같다. 휴가철 연락의 어려움을 감안하면 7월이어야 할지도 모른다……. 이것은 기계적인 추산일 뿐 실제로 일이 어떻게 돌아가는지야 알 수 없다. 요점은 연말 결산이 한참 전에 준비되며, 검토 대상이 되는 일 년의 실제 기간은 생각보다 짧다는 것이다.

매년 두어 달 앞서서 진행되는 올해 결산에 피로감을 갖지 않기란 어려운 일이다. 업계인들은 규칙적인 마감과는 별도로 일 년 단위로 작용하는 마감 압박을 의식하게 된다. 한 해는 1월에 시작해서 10월에 끝나 버린다. 10월까지 출시하지 못한 신제품은 '올해의 것'으로 거론될 기회를 갖지 못하기 때문이다. 업계인이 아닌, 경제적 이해가 없는 일반인들도 한 해가 이렇게 10개월, 300일에 불과한 것으로 취급받으면 정서적인 스트레스를 받는다. 누군가 아주 쉬운 산수를 틀리고 있는데 아무도 바로잡지 않는 악몽을 꾸는 느낌 비슷할 것이다.

지금까지 이 관행을 비판하는 것처럼 보였다면 양해를 구한다. 실은 반대로, 나는 점점 더 한 해를 열 달만 있는 척하고 빨리 마무리하는 게 꽤 사리에 맞는 일이라고 느끼게 되었다. 왜 12월 31일쯤에 결산을 하지 않는 걸까? 새해의 입구이자 일부인 진짜 연말은 회고를 하기에 적당한 시점이 전혀 아니기 때문이다. 우리는 새해를 살아가는 느낌을 미루고 싶어 하지 않는다. 그 강력한 열망 앞에서는 지난해의 목록 같은 건 별 흥밋거리가 못 된다. 아마 우리는 산다는 것과 회고하는 것이 양립하기 어려운 활동이라는 것을 무의식적으로 아는 것이다. 그렇다면 한 해를 정리하기에 적당한 시점은 아무도 진짜 연말이라고 여기지 않는 시기, 늦가을의 어느 달일 수밖에 없다.

두 달 빠른 결산 관행이 암시하는 교훈이 있다면 이런 것이다. 우리에게 별도의 시간이 주어지는 일은 영원히 없으며, 생각과 정리에 쓸 시간은 우리가 생활하는 시간을 헐어서 마련할 수밖에 없다는 것이다. 그렇게 생각하면 하필 11월을 회고의 달로 만든 것은 나쁜 선택 같아 보이지 않는다. 아마 우리의 회고는 11월 날씨 덕분에 좀 더 감정이 풍부하고 내면적인 것이 되어 왔을지도 모를 일이다.

영국에서 일어난
유쾌한 사건

2020년 코로나 봉쇄로 휴관한 영국 서픽의 한 도서관. 당번으로 출근한 사서는 깜짝 놀랐다. 책들이 도서관 번호순이 아닌 책 크기순으로 꽂혀 있던 것이다. 며칠 전 대청소를 실시했는데 청소하던 사람이 서가까지 손을 댔던 모양이다. 본래 도서관식 배열이란 것은 스케치북만 한 책 옆에 명함 크기의 책이 꽂혀도 번호만 맞으면 신경 쓰지 않는데, 이런 모습은 미화원에게 무질서로 보였을 가능성이 있다. 그 결과 도서관답지 않게 가지런히 정리되어 버린 책장 사진은 화제를 모았다. 반응은 대체로 호의적이다. "미화원은 칭찬받아야 마땅하다. 코로나 봉쇄 기간에 책만 가지고 수만 명에게 웃음을 주다니. 다른 방식으로는 불가능한 일이다." 물론 도서관에 한 번도 안 가 봤냐는 둥, 총을 뽑고 싶다는 둥

재미없는 덧글도 없지는 않다. 사서는 말한다. "우리 미화원 아주머니는 멋진 분이세요. 도서관을 맡으신 건 이번이 처음인데 단지 최선을 다하셨을 뿐이라고 하네요! 당분간 휴관이 이어질 테니 책을 제자리로 되돌릴 시간은 충분합니다."

이야기의 또 하나의 주인공은 코로나이다. 코로나 때문에 도서관이 쉬었고, 그 틈에 대청소가 있었고, 책 배열이 바뀌었고, 며칠 뒤 직원이 알게 되었고, 어차피 휴관이므로 당장은 문제가 되지 않는다. 뭔 일이 있긴 한데 급할 게 없다는 이 나른함. 2020년 당시 영국은 코로나로 인한 사망자가 3만 명을 넘어, 이차 대전 후 가장 큰 재앙을 겪고 있었다. 재앙은 긴급함과 나른함을 동시 발생시킨다. 재앙은 일상을 파괴하는데, 보통 일상은 우리에게 휴식을 주기보다는 닦달하는 쪽이므로, 일상이 멈춘 틈에 뜻밖의 나른함이 생긴다. 케르테스의 홀로코스트 소설 『운명』에는 아버지가 수용소로 떠나는 날 학교에 결석계를 내러 가는 소년이 나온다. 가는 길에 소년은 봄날의 따사로움과 한가함에 태평해진다.

이쯤에서 말해 두는데 책 크기순 배열이 그렇게 무식하거나 터무니없지는 않다. 『늦어도 11월에는』의 작가 노사크는 「장서 정리법」이라는 에세이에서, 시도해 볼 수 있는 여러 책 정리법들을 열거한 뒤 이렇게 말한다. 미적인 기준에 의한 배열, 즉 크기나 색깔, 장정에 따른 정리법이라고 하면 사람들이 코웃음을 치겠지만, 진지한 장서가는 이를 결코 무시하지 않는다고. 장서가는 경험을 통해 자기 책들에 질서를 부여하는 것이 불가능함을 깨달은 자이다. 그는 질서의 훼방꾼인 책의 물성을 존중해야 함을 안다. 사실 도서관조차 책 크기순 배열을 차용한다. 대영 도서관의 폐쇄 서고에는 책이 크기순으로 배열된다. 공간의 효율을 뽑아낼 방법이 그것밖에 없기 때문이다.

나는 사서 교육을 받은 적이 있기 때문에 도서관의 책이 어떤 원리로 배열되는지 약간은 알고 있다. 그것은 한마디로 책은 찾을 수 있어야 하고, 그러려면 한권 한권에 제자리를 주어야 한다는 사상이다. 이 원칙에 복종하려면 무엇이 필요할까. 아주 아주 많은 비효율적 공간이 필요하다. 그게 가능한 곳은 도서관뿐이다. (사실 도서관으로도 감당하기 어렵다. 그들이 그렇게 책을 많이 버리는 이유는 그 때문이다.) 집에서 공간을 그렇게 쓸 수는 없는 일. 우리가 집에서 하는 모든 책 정리는 일차적으로 크기에 지배된다. 이게 중력처럼 당연한 거라서 자각이 쉽지 않지만. 주제나 취향에 따른 의식적인 분류는 그 조건 위에 이차적으로, 부분적으로 가능할 뿐이다.

나는 모두가 미화원의 실수에 너그러웠지만 모두가 철저히 도서관의 편이었던 이 이야기의 의미가 뭔지 잘 모르겠다. 도서관의 비밀스러운 질서에 미화원은 미학적 기준으로 개입했다. 우리가 이해할 수 있는 건 결국 전자보다 후자라는 점에서 미화원은 타자가 아니었다. 사실 그녀는 우리를 대표했다. 한편으로 그녀는 일이 잘못되면 미리 주의를 듣지 못한 사항까지 내 책임이자 내가 모자란 탓이 되어 버리는 우리의 불리한 위치를 대표하기도 했다. 이는 이 사건에서 가장 눈에 띄는 측면이다.

그렇지만 사람들에게 그녀는 관용의 대상이었을 뿐, 주된 반응은 '웃겼으니 넘어가 준다'에서 벗어나지 않았다. 그들 중 실제로 도서관 관계자가 몇이나 있었을지는 의문이다. 이런 광범위하고 즉각적인 '질서에의 동일화'는 경이롭기까지 하다. 사람들은 도서관을 아주 좋아하는 것 같다. 그게 아니라면 미화원 아주머니에게서 귀찮게도 방을 치워 주겠다며 밀고 들어오는 엄마의 모습이 보였던 것인지도 모른다.

포툠킨

러시아어는 표기가 까다롭다고 하지만, 그중 '포툠킨'처럼 골치 아픈 이름은 드물다. 영화 「전함 포템킨」으로 익숙한 이 이름의 현지 발음은 '빠쬼낀' 비슷하다. 국어원이 인정하지 않는 세 가지, 경음과 모음 변화와 구개음화가 한 번에 튀어나온다. 이십여 년간 편집 일을 하면서 포템킨, 뽀쬼낀, 포춈킨, 포티옴킨이라는 표기를 다 마주쳤다. 이 글을 쓰는 지금 뭐가 맞는 용례인지 확인하니 '포툠킨'이라 한다. 이렇게 힘들 바에야 모두에게 친숙한 영어식 포템킨이 나을지 모른다는 생각이 들지만, 문제는 이름 자체에 있지 않은 것 같다. 발음상 이보다 까다로운 예들은 더 있을 것이다. '포툠킨'처럼 자주 호출되지 않으니 문제가 안 될 뿐이다.

대표적인 두 용례, '전함 포툠킨'과 '포툠킨 마을' 중 무엇이 자주 보일까? 구글 트렌드를 돌려 보면 지난 17년간 전 세계적으로 전자가 6:4로 우세한 사용량을 보인다. 영어권으로 한정하면 포툠킨 마을이 2:1로 우세해진다. 포툠킨 마을은 거짓스러운 것이면 어디에든 통용되는 만능 어구가 되어가고 있다. 얼마 전 미국 평론가 데이브 히키는 페이스북이 곧 포툠킨 마을이라고 했다.

알다시피 포툠킨 마을은 18세기 러시아의 예카테리나 2세의 지방 시찰에서 유래한다. 여제의 심복이자 연인이었던 포툠킨은 여제의 방문지마다 가짜 마을을 뚝딱 세웠다. 여제가 떠나면 마을은 재빨리 철거되어 다음 방문지로 운반되었다. 역사가들은 이 전설이 과장이라고 보나, 아무튼 포툠킨이라는 이름은 불멸이 되었다. 권력자의 행차시 가짜 풍경을 깔아 놓는 것은 인류 역사만큼 오래된 일인데 불과 200년 전 인물인 포툠킨이 원조이자 대명사가 된 건 부당한 느낌도 없지 않다. 굳이 평가하자면 포툠킨 마을의 핵심은 이동성과 재활용성에 있다. 그 속도감이 현대적이기도 하다.(애니메이션 「월레스와 그로밋」에서 움직이는 열차에 탄 채 앞에 미친 듯이 레일을 까는 광경과 비슷하다.) 대형 야외 세트뿐 아니라 주민인 척 연기하는 부하들까지 동원했다고 하니 포툠킨은 극장 국가의 창시자일지도 모른다.

포툠킨은 주기적으로 우울증을 앓았다. 그때마다 그는

자기 방에서 두문불출하며 누구의 방문도 허락하지 않았다. 한번은 우울증이 너무 오래 계속되어 정부가 기능 마비에 빠졌다. 모든 서류의 최종 결재자가 그였기 때문이다. 한숨을 쉬는 고관들 앞에 슈발킨이라는 하급 서기관이 나섰다. 자기가 모든 서류의 서명을 받아 오겠다는 것이었다. 어두운 방에 잠옷 차림으로 멍하니 앉아 있던 포툠킨은 기습적인 방문에 깜짝 놀랐다. 그는 슈발킨이 내민 서류 뭉치에 말없이 하나씩 서명하기 시작했다. 슈발킨은 의기양양한 표정으로 돌아왔다. 고관들은 앞을 다투어 제 서류를 챙기다가 갑자기 얼어붙은 듯 조용해졌다. 모든 서류의 서명란에는 이렇게 적혀 있었다. 슈발킨, 슈발킨, 슈발킨…… 이 일화는 발터 베냐민의 카프카론 서두에 실려 있다.

포툠킨 마을의 질문은 이런 것이었다. '가짜로 그렇게 진짜를 덮어도 되는가?' 포툠킨 서명은 그에 대한 답처럼 보인다. '괜찮아! 내가 아니더라도 권력을 쥐면 누구든 똑같이 할 거거든.' 우리는 이런 생각이 주는 무한한 면책의 느낌을 안다. 바보들은 언제나 속아 넘어가기 마련이고, 안됐지만 내 책임은 없는 것이다. 영화 「전함 포템킨」에는 밥 속에 작은 동물들이 있다고 수병들이 항의하는 장면이 나온다. 군의관이 돋보기로 들여다보니 수천 마리의 구더기가 보인다. "아무 이상이 없군!" 군의관의 얼굴은 편안해 보인

다. 딱히 자기가 먹을 것도 아닌데 힘들 일은 별로 없을 듯
하다.

스케치북

이십 년 만에 스케치북을 하나 샀다. 초중고생용 A3 크기의 스케치북 말이다. 그림이 목적은 아니고 집에 있는 책의 목록을 적으려는 것이다. 그걸 하필 스케치북에 적느냐는 의문에 답하려면 고등학교 1학년 때로 돌아가야 한다. 그해 말 '내년부터 미술 수업은 없다'는 걸 알게 되었다. 몇 장 쓰지도 않은 스케치북을 뭐에 쓸까 하다가 그동안 사 모은 책들(주로 추리소설)의 목록을 적었다. 왼쪽에 0001부터 시작하는 일련번호를 적고, 작가 역자 제목 출판사 등을 적는 것이다. 일련번호는 책에도 옮겨 적었다. 책을 사면 호적 등록하듯 그렇게 했다. 그럼 뭔가 정식으로 소유한 느낌이 들었다. 그 스케치북들은 지금도 남아 있다.

기록 방식을 디지털로 바꾼 건 2000년경부터이다. 엑

업계인

셀과 DB, 휴대폰 메모장까지 여러 방법을 써 봤는데, 안착한 곳은 없었다. 바코드 인식만 하면 되는 최신 앱들은 바코드 없는 옛날 책에는 맞지 않았다. 그러다 한두 해 전부터는 책을 사도 기록하지 않게 되었다. 일단 기록하는 걸 자주 잊었고, 나중에 생각이 나면 하기가 귀찮아졌다. 그게 아무렇지도 않은 건 아니었다. 어딘가에서 썩는 냄새가 나는 기분이었다. 그러다 스케치북을 다시 사용할 생각이 떠올랐다.

어쩌면 장서목록이 일과 너무 비슷했다는 게 문제였을지도 몰랐다. 이상하게 첫 회사부터 고객 DB 만드는 일을 하더니 출판계에 와서는 가는 곳마다 도서 DB를 만들게 되었다.(내 주업무는 아니었다.) 회사에서는 유용한 도구가 집 책 정리에 안 맞는다는 것을 인정하는 데는 시간이 걸렸다. DB는 갖가지 통계를 가능하게 해 주지만 당연히 집에서는 그런 게 필요하지 않았다. 나중에 깨달았는데 진짜 필수 항목은 하나, 최종 일련번호였다. 책에 그걸 적어야 하니까. 디지털 도구들은 그 번호를 바로 확인하는 데 최적화되어 있지 않았다. 일단 기기가 켜지기를 기다려야 했고, 들어가서 확인하고 나면 문득 이게 최종 버전의 목록이 맞는지 의심이 들었다. 요컨대 디지털 목록은 좀 비효율적이었다.

여기까지 쓰고 보니 이 글은 이미 익숙한 형식, '나는 LP(또는 필카, 또는 잉크펜 등등)로 돌아가기로 했다'는 아날로그 감성으로의 복귀담이 되고 있는 것 같다. 뭐 그렇지만, 한편으로는 잘 모르겠다. '아날로그 감성'은 그 상품성 때문에 과장된 역할을 부여받아 왔다. 그러나 여기에서 현안은 어느 생활 양식이나 취미가 매체를 바꾸어도 지속 가능한가라는 문제이다. 즉 이런 글의 필자들은 LP와 필카와 잉크펜이 더 훌륭하다는 주장보다, CD나 컴퓨터로 음악을 듣다 보니 음악과 멀어졌고, 디카로 찍다 보니 사진에 흥미를 잃었고, 자판으로 쓰다 보니 일기를 안 쓰게 되었다는, 예상할 수 없었던 개인적 위기에 대해 쓰고 있는 것이다. 왜 멀어지고 흥미를 잃는지 우리는 아직 모른다. 감도 못 잡고 있는 듯하다. 여러 산업의 생존이 걸린 문제일 텐데 말이다. 감성이라는 말이 엉성해 보여도 그게 가리키는 문제까지 시시해지는 건 아니다.

장서목록의 문제는 간단하다. 편의성 부족이 문제였고 더 편리한 방법이 나오면 된다. 음악 등 취미의 문제들은 이보다 복잡해 보인다. 하지만 미리 체념할 필요는 없지 않을까? 더 이상의 발전은 없을 것이고 가장 이상적인 형태는 이미 발명되어 있다는 식의 단언은 늘 나를 놀라게 한다. 그걸 어떻게 아는지? 디지털 때문에 뭔가 상실되었다는 게 아날로그가 궁극의 형태라는 증명이 되지는 않는다. 단지 기술이 갈 길이 얼마나 먼지 보여 줄 뿐이다. "기술은 아직 충분히 발전되지 못했다. 기술은 아직 너무나 세련되지 못했다. 이것이 바로 상황의 진면목이다." 『철학을 위한 선언』에서 알랭 바디우가 썼듯이 말이다. "기술은 더 노력해야 한다."

고전이란
무엇인가

수업에 집중하는 학생이 아니었던 막스 베버는 고등학교 때 주로 무릎 위에 올려놓은 책을 읽으며 시간을 보냈다. 이런 식으로 그는 '교사의 눈을 피해' 사십 권의 괴테 전집을 뗐다고 한다. 대략 150년 전의 일이다.

2022년 8월 독일의 바이에른주 정부는 고등학교 의무 독서 목록에서 괴테의 『파우스트』를 삭제한다고 발표했다. 이 뉴스는 각계의 항의를 불러일으켰다. 해명에 나선 주 정부는 『파우스트』가 단지 의무 독서 목록(이것은 허울 좋은 '권장' 목록이 아니라 반드시 읽게 되어 있다.)에서 빠지는 것뿐이며, "금지되었다는 뜻은 아니"라고 했다. 여기에서 핵심 단어는 '금지'일지도 모른다. 2019년 독일 노르트라인베스트팔렌주가 『파우스트』를 대입 자격시험 범위에서 '제외'한다고 발표했을 때 이 조치의 비판자들은 이를 사실상의 금지, 사형선고로 받아들였다. 왜일까. 효과가 같기 때문이다.

이제 고전과 관련한 소식은 이런 퇴출 뉴스뿐이다. 고전 출판에 경력을 소비한 사람으로서 안타까운 마음이시만, 그냥 지나치기 힘든 문제도 보인다. 독일에서도 고전의 생사는 교육 과정에 밀어 넣는 데 달렸다고 전제되는 것이다. 즉 고전의 목숨을 유지하는 부담이 고스란히 어린 세대의 몫이 되고 있다. 사람들 생각이 처음부터 이랬던 건 아니었다. 직업 비평가의 시조격인 생트뵈브의 『고전이란 무엇인가』(1850)가 참고가 될지 모른다. 거의 정반대의 얘기를 하고 있기 때문이다. 물론 생트뵈브는 독서의 멸망이나 고전의 퇴출을 걱정할 필요가 없었던 19세기 프랑스에 살았다. 그러나 고전 목록을 영원히 대접받는 자리로 보지도 않았다.

고전이란 무슨 뜻인가? 그는 먼저 라틴어 '클라시쿠스(Classicus)'의 뜻을 검토한다. 이는 원래 일정 수준 이상의 수입을 가진 시민 계층을 뜻하는 말이었다. 이는 자연스럽게 여타 평범한 작품들과는 다른 급으로 생각해야 할 특별한 작품들을 가리키는 말이 되었다. 보다시피 여기에는 오래되었기 때문에 존중해야 한다는 생각은 들어 있지 않았다. 그 점에서 고전(古典)이라는 한자어는 딱히 좋은 번역어는 아니다.

고전의 특징은 무엇인가? 그런 건 없다. 정확하게는, 고전을 써내는 공식 같은 건 없다. 당시 '중용, 우아, 합리성'이 고전의 특징이라고 주장하는 사람들이 있었다. 생트뵈브가 보기에 터무니없는 소리였다. 호메로스나 셰익스피어조차 이런 기준에 별로 맞지 않기 때문이다.

어떤 작품이 고전이 되는가? 아무도 모른다. 나중에 알게 될 뿐이다. 생트뵈브는 발표 당시 '현대의 고전' 같은 간지러운 소리를 들을수록 이십오 년 뒤에 초라해질 가능성이 더 큰 것 같다고 말한다. 고전의 순위는 유동적이다. 흥행 작가였던 몰리에르는 원래 라신이나 코르네유와 동급으로 여겨지지 않았다. 그러나 세월이 흐른 뒤 몰리에르는 그들을 넘어서는 천재로 떠올랐다.

아마 생트뵈브의 현안은 고전이란 무엇인지 답을 가진 사람들, 그래서 고전을 사유화하려는 사람들에게 제동을 거는 것이었던 듯하다. 도대체 고전의 쓸모는 뭘까? 그의 답은 "모든 여행과 경험을 마친 이에게 찾아온 기쁨"이었다. 이 묘하게 실망스러운 구절을 썼을 때 그는 사십 대에 불과했다. 그러니 조금 해석을 가미해도 될 것이다. 이게 정말 노년이라는 뜻일까? 실은 어떤 조건의 비유가 아닐까? 입학시험이나 지적 헤게모니 쟁탈전에서 벗어나, 고전을 수단

업계인

이 아니라 문학 작품으로 관조할 수 있게 된 상태의 인간 말이다. 아마 우리에게 필요한 고전 목록은 어린 학생들에게 강요하는 것이 아닌, 늘그막의 인간을 위한 길잡이여야 할지 모르겠다. 권위로 지정한 텍스트늘이 아닌, 지금이라노 읽지 않으면 후회할 작품들로 채워진 목록 말이다.

환상을 팝니다

엥겔스는 "정당의 명칭이 꼭 들어맞는 일은 없다."라고 한 적이 있다. 그는 사업가이기도 했으므로, 간판과 본업 사이에 필연적으로 괴리가 생기는 문제에 대해 현실적인 생각을 가지고 있었을 것이다. 이런 일은 역사가 오랜 출판사에서도 일어난다. 예컨대 일본의 환상문학 전문 출판사 국서간행회가 그런 경우이다.

이름 그대로 본래는 국학 자료 복각이 전문인 이곳은 '세계 환상문학 대계'(1975~1986)로 유명하다. 전환점은 이 총서의 기획자 두 사람이 이미 여러 군데에서 거절당한 뒤 출판사로 찾아온 날이다. 즉흥적으로 출간 승낙이 이루어졌고, 출간된 총서는 출판문화상을 받았다. 출판사는 그 뒤에도 보르헤스, 드 퀸시, 러브크래프트, 렘, 우드하우스, 셀린의 작품집과 '세계 탐정소설 전집', '독일 낭만파 전집' 등을 출간했다. 출간 목록을 일별하면 어떤 이해되는 취향이 그려진다. 이런 취향은 대개 한 나라의 여러 출판사들이 조금씩 역할을 나누어 실현하는 게 보통이다. 한 출판사가 총대를 메듯 자신의 영역으로 하는 경우가 흔치는 않다.

출판사에 처음 취직했을 때 책장에 그 세계 환상문학 대계가 보였다. 목록과 내용 못지않게 인쇄와 제본의 높은 퀄리티에 경악했던 기억이 난다. 그 뒤 일본에 가면 서점에 들러 국서간행회의 책들을 훑어보곤 했다. 이쪽 업계인들이 다 마찬가지지만 제일 먼저 살펴보는 곳은 판권면이었는데 (그렇다, 우리가 본업을 대하는 태도는 결코 정신적이지 않다.) 중쇄를 찍은 책이 잘 보이지 않았다. 한국 출판인들은 일본의 출판계와 그 독자들에 대해 약간의 환상을 품는 경우가 없지 않다. 그러나 아무리 기발하고 완성도 높은 출판물이라해도 독서 대중과 만나는 데는 다 나름의 어려움이 있을 수밖에 없다. 중쇄를 찍는 경우가 드문 '이런 취향'의 책은 무엇 때문에 계속해서 간행되는 것일까?

환상문학이란 무엇인가,
그리고 얼마나 팔리는가

한국에서 환상문학 장르가 얼마나 팔려 왔는지를 통계적으로 확인하기는 어렵다. 여기에는 두 가지 문제가 있는데, 하나는 기본적인 출판 통계가 대체로 불비하다는 점이고,[2] 또 하나는 환상문학의 외연을 정하는 문제가 꽤 까다롭다는 점이다.

아쉬운 대로 일반적인 자료라도 참고하기로 한다.『베스트셀러 30년』은 1981~2010년간의 한국 출판계를 다루고 있는데 여기 등장한 300권 중 초자연적인 현상에 관한 책은 세 권이다.[3]

　　—편집부,『오싹오싹 공포체험』(대교출판, 1989)
　　—이우혁,『퇴마록』(들녘, 1994)

[2] 근본적으로는 1980년 납본제 실시 이전의 출판 역사가 개인적 회고록의 영역, 즉 사실상 미지의 영역이라는 점을 거론해야 할 것이다. 통계의 기초가 될 실물 자료가 존재하지 않는다. 예컨대 1950~1970년대 출판물의 권말에 출간 예고된 책들이 정말 출간되었는지 확인하기란 매우 어려운 일이다. 이들은 실로 '환상의 책(幻の本)'이다.
[3] 한기호,『베스트셀러 30년』(교보문고, 2011), 141~142, 188, 278~279쪽. 고른 책이 대표성을 갖지는 않지만, 다른 자료들도 크게 다른 결과를 보여 줄 것 같지는 않다.

—조앤 롤링, 『해리 포터와 마법사의 돌』(문학수첩, 1999)

첫째 책은 아동 눈높이에서 구성한 귀신 체험담이고 둘째 책은 힘을 합쳐 악령과 싸우는 사람들을 그린 소설이다. 셋째 책은 마법 학교 재학 중인 세 친구의 모험을 그린 세계적인 베스트셀러이다.

이 책들은 환상문학에 속하지 않는다. "환상적인 것은 망설임의 시간만큼만 지속된다."라는 토도로프의 유명한 정의[4]를 따른다면 모두 '수용된 초자연'의 세계인 '경이'에 속한다. 관점에 따라 첫째 책은 '환상적 경이'라고 볼 여지가 있을 것이다.[5] 이 책에 수록된 각 체험담에 초자연 현상

[4] 츠베탕 토도로프, 최애영 옮김, 『환상문학 서설』(일월서각, 2013), 87쪽. 그에 따르면 환상문학은 세 가지 조건이 충족되어야 한다. 첫째, 애매성. 사건이 초자연적인 것인지 다른 합리적인 설명이 가능한지 독자가 망설여야 한다. 둘째, 동일시. 독자는 망설이는 등장인물과 자신을 동일시해야 한다. 셋째, 축어성. 사건은 문자 그대로 받아들여지고 시적, 알레고리적 해석은 금지된다.(68~69쪽) 이 글에서는 토도로프의 기준을 따를 것이다. 그의 이론이 여전히 환상문학 논의의 기준이라는 점도 있고, 그를 따랐을 때 단순하고 편리해지는 점이 있기 때문이다. 그의 이론에 대해 꾸준하게 제기되는 반론 중 하나는 판타지라는 지배적인 장르가 제외됨으로써 환상문학의 영역이 지나치게 협소해졌다는 것인데, 스타니스와프 렘의 비판은 그 전형적인 경우이다. 렘과 문학 이론가들 사이에 벌어졌던 논쟁에 대해서는 Stanisław Lem, "Todorov's Fantastic Theory of Literature" in *Science Fiction Studies*, Fall 1974와 Various, "On Lem on Todorov" in *Science Fiction Studies*, July 1975 참조.
[5] 토도로프는 환상문학이 기이(étrange/unheimlich/uncanny)와 경이(merveilleux/wunderbar/marvelous) 사이에 그어진 선이라고 보기 때문에, 애매함이 해소되

을 곧바로 수용하지 못하고 망설이는 순간이 짧게라도 존재할 것이라고 가정할 수 있기 때문이다. 사실 환상적 경이는 대부분의 공포소설이 위치한 영역이기도 하다. 이에 따라 한 세대 동안의 한국 독자의 선호에 대한 가설을 세워볼 수 있다. (1) 초자연적인 이야기가 도서 시장에서 차지하는 비중은 1퍼센트로 아주 작다. (2) 그 작은 비중의 대부분을 차지하는 것은 판타지(경이)이다. (3) 나머지는 공포소설(환상적 경이)의 몫이다. 이미 문학사적으로 소멸한[6] 장르로서의 '환상문학'을 베스트셀러 목록에서 마주칠 가능성은 별로 없다.

는 순간 이야기는 양옆 어느 한쪽(환상적 기이/환상적 경이)에 속하게 된다. 단 끝까지 애매함을 유지해서 경계 위에 버티고 있는 희귀한 경우가 둘 있다. 헨리 제임스의 『나사의 회전』과 메리메의 「일르의 비너스」인데, 토도로프는 이 둘을 "순수 환상소설"이라고 부른다.(토도로프, 같은 책, 92~93쪽)

[6] 환상문학은 19세기 중반 추리소설의 출현으로 일부 대체된다.(같은 책, 102쪽) 추리소설은 "완전히 불가해한 사건의 완전히 합리적 해명"을 목표로 하는 장르로 태어났는데, 이는 전에 환상문학 안에 있던 영역이었다. 그러나 환상문학의 완전한 죽음은 정신분석이 출현하면서부터다. 19세기 실증주의 세계관을 전제로 억압된 욕망을 전시하는 노릇을 했던 악마와 흡혈귀는 정신분석 이후 존재할 필요가 없어진다.(같은 책, 309쪽)

죽어 있던 『드라큘라』가
세계문학전집으로 부활하기까지

나조차 한동안 잊고 있던 사실인데, 나는 환상문학을 기획하는 것으로 편집 일을 시작했다. 출판사 신입일 때 기획한 첫 책이 브램 스토커의 『드라큘라』였으니 말이다. 그러나 환상문학을 소개하겠다는 야심이 있었던 것은 아니다. 단지 프랜시스 포드 코폴라의 영화 「브램 스토커의 드라큘라」(1992)가 제작 중이었고, 국내 개봉은 거의 확실해 보였기 때문에 바로 그 책을 내면 잘 팔리지 않을까 생각했을 뿐이다.

『드라큘라』는 그해에 서둘러 출간되었다. 이 책의 의미는 국내 최초 완역본인 점과, 탁월한 번역가 이세욱의 데뷔작이라는 점일 것이다. 책은 그다지 팔리지 않았다. 출고한 지 한 달이 못 되어 별 반응이 없는 것이 분명해졌다. 일 년 뒤 코폴라의 영화가 들어왔을 때 극장 앞에 매대를 설치하는 등 노력했지만 팔리지 않았다. 이때 나는 출판사에 없었고, 남은 책들 대부분을 폐기 처분했다고 들었다.

1992년은 애매한 해였다. 지금 회고해 보면 그때 『드라큘라』는 마지막 비평적 그늘을 통과하는 중이었던 것 같다. 『드라큘라』는 공식적으로 정전(正典)이 되는 순간이 눈에 보이는 책이다. 그 시점은 출간 백 주년인 1997년이다. 그 해 영미 매체에서 온갖 떠들썩한 특집이 나오는 가운데『노턴 비평판 드라큘라』가 나왔다. 펭귄 클래식에는 두 해 전에 포함된 상태였다.『드라큘라』가 정전으로 인정받는 데 어려움이 있었다고 생각되지 않는다. 이미 너무 유명했고 그 사실 자체가 숙고해 볼 만한 주제였기 때문이다. 갑자기 사람들은 이 소설에 대해 할 얘기가 너무 많음을 깨달았던 것 같다.(여성성, 동성애, 자본주의, 식민주의 등등) 마치 오랜 친구의 때늦은 회원 가입을 모두 따뜻하게 환영하는 듯한 분위기가 만들어졌다. 이제 한국으로 돌아가 보자. 칠 년 넘게 절판 상태이던 국역본이 2000년에 재출간되었다. 이번에는 고전이라는 점이 강조되었다. 그건 사실이기도 했다. 이후『드라큘라』는 이십 년간 삼십 쇄를 더 찍게 된다.

　출판업계에는 죽어 있던 책이 몇 년 뒤 운 좋게 부활하는 이야기들이 꽤 있다. 대개 출판사나 번역자, 제목 중 하나 이상이 바뀌거나, 영화화되어 주목받는 방식이다. 그러나 모두가 가만있는 가운데, 더구나 영화 찬스는 이미 써 버린 뒤에 원작에 대한 비평적 시각이 변화했다는 이유만으로 살아나는 경우는 그리 많지 않다.

팔리지 않는 소설을 파는
보이지 않는 기획자

'바벨의 도서관'(바다출판사, 2010~2012)이나 '이삭줍기 환상
문학 시리즈'(열림원, 2019~) 등 상당수가 정전으로 이루어
진 최근의 환상문학 시리즈를 제외하면, 국내에서 비정전적
환상문학(그렇다, 『드라큘라』는 여기서 졸업하고 만 것이다.)을
출간한 시도로는 이런 것들이 있었다.

—『모빠상 괴기소설』(장원, 1995)

—『유령 이야기』(책세상, 1998)

—『세계 공포문학 걸작선』(황금가지, 2003)

—『세계 괴기소설 걸작선』(자유문학사, 2004)

—『세계 호러 걸작선』(책세상, 2004)

　　소수의 독자들을 겨냥하고, 실제로 그 사실을 재확인
하지만, 실망하지 않고 계속되는 시도가 이것만은 아닐 것
이다. 이런 시도들이 계속되고 있는 것은 환상문학이라는
영역(corpus)의 총량이 대략 몇십 권 정도에 불과하고, 전체
가 파악되고 있다는 느낌을 기획자들에게 주기 때문이 아닐
까 하는 생각이 든다. 상업성이 없다는 것은 환상문학의 가

장 큰 비밀의 하나다. 왜 상업성이 없을까? 앞에서 '문학사
적으로 소멸한 장르'라는 말을 썼는데, 그 실질적인 의미는
'무섭지 않다'이다. 그것은 독자들의 독후감에서 쉽게 확인
된다. 왜 무섭지 않을까? 100년, 200년 전 독자에게 통하던
기법이 지금 효력을 발휘할 리가 없지 않은가. 거기에서 사
용된 클리셰들, 예를 들어 '신뢰할 수 없는 서술자'는 지금
책을 읽지 않는 사람도 영화 등을 통해서 훤히 알고 있을 정
도이다. 환상문학이 고전 총서류에 포함되면 단행본으로 냈
을 때보다 더 팔리는 수수께끼는 복잡한 것이 아니다. 19세
기 유령 이야기가 상업적 자립성이 없기 때문에 벌어진 일
이다.

　환상문학 기획자 앞에 놓인 판매라는 과제는 이중적이
다. 출간된 책의 판매를 궁리하기에 앞서서 출간 자체가 가
능해야 한다. 회사가 자신의 기획을 사 줘야 하는 것이다.
사실 나로서도 그들이 어떻게 이 과정을 통과했는지 궁금
하고 당사자의 노하우를 들어보고 싶다. 그러나 난처하게도
나는 자격과 무관하게 뭔가 실질적인 요령 제시를 요구받게
된 것 같다.

　기획자가 자기가 좋아하는 환상문학 책을 회사의 기획
회의에 제안한다. 그러면 회의 참석자들(간부에서 말단까지)
은 다른 할 말은 떠오르지 않더라도 미미한 상업성 문제에

대해서만큼은 돌아가면서 한마디씩 할 수 있다고 생각하게 된다. 95퍼센트 이상의 확률로 기획은 기각된다. 개인적 선호에서 출발한 기획이었다는 게 약점도 아니고(아무도 신경 쓰지 않는다.) 이런 분야가 생소하리라는 것도 문제는 아니다. 이런 식의 회의가 보수적인 판단을 내리는 데 적합한 구조로 되어 있을 뿐이다. 비슷한 취향을 가지고 있는 동료라고 해서 기획에 찬동해 주리라고 기대하기는 힘든 일이다.

내 경험에 비추어 보면, 이런 까다로운 경우 정면 승부보다는 기존에 확정된 기획에 슬쩍 올라타는 방식이 언제나 훨씬 쉬웠던 것 같다. 물론 이런 '편승 전략'이 아무 때나 가능하지는 않다. 큰 위화감이 없는 편승 대상이 나타나려면 오래 기다리기도 해야 할 것이다. 이런 책을 탑승시켜도 괜찮은 거냐는 물음이 나온다면, 요령 있는 답도 할 수 있어야 할 것이다. 편승이 가능해 보인다고 과욕스러운 탑승 리스트를 만드는 건 어리석다. 리스트가 회의에 부쳐져 검토되는 것은 편승 전략을 원점에 돌리는 일이니까. 당신이 정말로 그 책을 내고 싶다면 회의를 최대한 건너뛸 방법을 궁리해야 한다. 여기에서 주의할 것은, 기존 기획의 편승이든 확장이든 회사의 방침을 실현하는 형식을 취하는 것이 기본이라는 점이다. 기획자는 회사에 본인의 제안을 제출하기도 하지만 회사의 방침을 이해하고 구체화하는 역할도 맡게 된다. 그때마다 편승에 충분한 만큼의 재량이 주어질지는 물론 알 수 없다. 이 문제는 대개 운에 달려 있다.

나는 홍보의 효율 면에서도 편승 전략이 유리하다고 생각하는 편이다. 예컨대 어떤 책을 고전 총서에 넣고 나면 이 책이 얼마나 고전적인 작품인지 장황히 말할 필요는 적어지는 것이다. 우리는 원칙적으로 홍보에 두 가지 차원, 즉 받는 이가 예상 가능한 정보와 예상 가능하지 않은 정보가 같이 있어야 한다는 것을 안다. 하지만 실제로 독자의 선입견을 넘어서는 정보를 집어넣을 공간을 찾기는 쉽지 않다. 진부한 말 한두 마디를 뺄 수 있다는 건 한두 마디의 다른 이야기를 넣을 드문 기회가 생겼다는 뜻이다. 이때 장르에 대한 새로운 관점이 있다면 소개하는 것이 좋을 것이다. 환상문학의 경우 정치적인 재평가 시도가 1970년대 말부터 나타났는데,[7] 이에 대해 언급하는 게 홍보에 도움이 되지 않을 리가 없다. 필요하다면 연구자에게 글을 쓰게 해서 보도자료에 붙이거나 매체에 게재할 수도 있을 것이다. "한 장르에 정치성을 불어넣어 젊은 세대에게 참신한 것으로 만드는 일"[8]은 결국 판매에 도움이 된다는 것을 업계인은 알게

[7] 환상문학 장르 전체를 '전복적인 문학'이라고 규정한 로즈메리 잭슨의 시도가 그런 것이겠다. 서강여성문학연구회 옮김, 『환상성』(문학동네, 2001) 참조.
[8] 줄리언 시먼스가 에릭 앰블러의 초기 스릴러에 대해 했던 말. 김명남 옮김, 『블

된다. 스스로가 그런 의미 부여에 동의하는가와는 무관하게 말이다.

사실 출판은 각 출판물들이 그보다 큰 단위의 이미지에 기여하고, 브랜드 이미지가 그보다 작은 단위의 판매에 기여하도록 하는 게 이상적이다. 단권, 총서, 브랜드의 상호 기여라는 점에서 출판 홍보는 애초에 편승의 원리가 지배하는 곳이라고 볼 수도 있겠다.

대도시의 뒷골목,
한 조촐한 극장에서 일어난 일

결국 우리는 환상문학을 파는 방법은 고전 총서에 적당히 편승하는 것이라는 결론에 이르렀다.[9] 앞에서 나는 편승의 성패가 운과 몇 가지 처세적 요령에 달려 있다는 점을 너

러디 머더』(을유문화사, 2012), 346쪽. 사실 나는 독자로서 앰블러에 오랫동안 집착해 왔다. 그러나 그를 출간 기획에 올리겠다는 생각까지 한 적은 없었다. 2년 전 회사의 고전 총서에 '각 분야의 대표작'들을 보충하라는 오너의 지시를 받았을 때 '스파이 소설의 최고 걸작'인 『디미트리오스의 가면』을 출간할 수 있겠다는 생각이 떠올랐다. 이것은 내가 경험한 편승의 가장 순수한 사례지만, 앰블러의 신선도가 유지되지 않았다면 좀 더 복잡한 과정이 되었을 가능성이 있다.

[9] 그렇다면 고전 총서는 어디에 편승하고 있느냐고 물어볼 수도 있을 텐데, 이것은 연쇄적으로 더 커다란 주제를 불러들이는 방아쇠처럼 보이기 때문에 언급을 생략하기로 한다. 출판은 어디에 편승하고 있을까, 독자는 어디에 편승하고 싶은 것일까 등등.

무 강조했는지 모르겠다. 일반적인 이야기로는 맞지만, 여기에서 기획자의 능동적 기여를 생략할 수는 없다. 사실 편승이라는 말 자체가 또 다른 기획자에 의한 간섭을 뜻하는 것이니 말이다. 기획자는 자신이 제안할 수 있는 다수의 목록을 가지고 있어야 할 것이고, 기존의 기획을 편승에 적합한 것으로 변형해 볼 수 있는 약간의 상상력도 있어야 할 것이다. 책을 내기 위해 필요한 절충의 범위도 헤아릴 수 있어야 한다. 물론 편승 자체가 절충이기는 하지만 말이다.

보이지 않는 손이 있다면, 보이지 않는 기획자도 있다. 한 명의 이상적인 기획자를 가정해 보자. 유능한 그는 '편승'을 우리처럼 눈에 띄게 하지는 않을 것이다. 그가 행하는 편승은 결코 편승으로 보이지도 않을 것이고 그의 제안은 아무런 수상한 느낌 없이 받아들여질 것이다……. 이 공상의 좋은 점은 우리가 그 완벽한 편승의 결과물을 제시할 필요가 없으리라는 점(왜냐하면 알아차릴 수 없는 것이므로)과, 그 미지의 결과물들의 수가 어쩌면 헤아릴 수 없이 많을지 모른다는 데서 오는 신비스러운 만족감이다. 마지막으로 소개할 환상소설은 어떤 알 수 없는 과정을 거쳐 독자의 손에 들어온 작품의 한 예다.

「에지웨어로 뒷골목의 조촐한 극장」(1939)은 영국의 소설가 그레이엄 그린이 남긴 아마 단 한 편의 환상소설이다.

그의 작품 중 한국어로 번역된 순으로는 가장 앞쪽에 있는 것이기도 하다. 1962년 을유문화사가 세계문학전집의 한 권을 그린에 할애했는데,『권력과 영광』과『밀사』외에 이 작품 포함 단편 넷이 추가되었던 것이다. 번역자 황찬호는 1970년대까지 한국의 대표적인 그린 전문가였다. 그가 사용한 번역 대본은『21개의 단편』(1954)이었을 텐데, 어떻게 해서 그중 자주 언급되지도 않는 이 작품을 넣을 생각을 했는지는 알 길이 없다. 당시 그와 편집진에게 환상문학이라는 의식이 있었을지도 의문이다. 그러나 아무도 의도하지 않은 것 같아 보이는 때가 '보이지 않는 기획자'가 얼핏 존재를 드러내는 순간인 것이다. 보르헤스는 이 단편을 꽤 마음에 들어 해서 자신이 편찬한 두 권짜리 미스터리 걸작집(1956)에 집어넣었다.

대영 박물관 열람실을 나와 저녁 거리를 쏘다니던 한 사람이 영화관에 간다. 가고 싶은 곳은 따로 있지만, 돈은 없고 비는 피해야 했기 때문이다. 그가 들어선 꾀죄죄한 극장은 무성영화 전용관을 표방하고 있다. 즉 '고급문화도 아니고 싸구려에다가 임시적이고 욕구불만에 가득 찬 어떤 시대착오적 오락'이 이미 문제가 되고 있는 것이다. 거의 손님이 없는데, 영화에서 자살 장면이 나오자 옆자리에 앉은 사내가 말을 건다. 아니 대놓고 귀에다 속삭인다. "엉터리네.

상상할 수도 없을 만큼 피가 많이 나오는데." "뭐가요?" "사람을 죽이면." "저건 살인이 아닌데요." "나도 알아." "뭘 안다는 거죠?" "저런…… 것을." 사내는 혼잣말로 뭔가 불길하고 낯익은 거리 이름을 중얼거리다 나간다. 불이 들어오고 사내가 앉았던 곳 스쳤던 곳 모두가 피투성이다. 최근 뉴스에 난 살인 사건이 뇌리에 스친 주인공은 달려 나가 경찰에 전화를 건다. 틀림없다. 옆자리에 앉아 있던 자는 살인범이다……. 흥미롭게 듣고 있던 경찰이 대꾸하는 소리가 전화기에서 들려온다. "아니요. 범인은 잡았습니다……. 없어진 것은 시체뿐입니다."

3

—

철학자

비트겐슈타인
또는 내면이 없는 삶

루트비히 비트겐슈타인의 생애와 일화는 잘 알려져 있다. 그는 1889년 오스트리아 헝가리 제국의 가장 부유한 집안에서 태어났다. 저녁엔 브람스나 말러가 방문하고, 식구가 클림트의 그림에 등장하는 그런 집이었다. 실업 학교를 졸업하고 공학을 공부하러 맨체스터에 갔다가 수리 논리학 책을 읽었다. 케임브리지의 러셀을 찾아갔다. 러셀은 천재를 알아보았고, 제자와 선생의 위치가 바뀌는 과정을 경험했다.

일차 대전이 발발하자 지원병으로 입대했다. 최전방을 자원했고 무공으로 훈장도 받았다. 마치 죽음을 두려워하지 않는 사람 같았다. 전선에서 톨스토이와 도스토옙스키의 책을 끼고 다녔다. 『카라마조프 씨네 형제들』의 조시마 장로에 대한 부분은 거의 외우고 있을 정도였다. 유산을 예술가들에게 나눠 주는 데 썼다. 비상한 관대함에 놀란 누군가가 그를 방문했다가 "미시킨(『백치』의 주인공)을 본 것 같았다."라고 썼다. 『논리철학논고』가 완성되었다. 철학의 문제가 해결되었다면 거기에서 더 할 일은 없었다. 시골 초등학교 교사가 되었다. 이 경험은 좋지 않게 끝난다.

1970년대 전파과학사에서 출간한 나카이 히사오의 짧은 에세이는 비트겐슈타인의 생애를 문학적으로 접하게 해 주는 한동안 거의 유일한 글이었다. 읽고 감명을 받은 사람이 꽤 있을 것이다. 1990년대와 2000년대 이두와 김영사에서 출간한 존 히턴의 만화책은 그의 생애와 사상을 요령 있게 알려 주는 좋은 책이다. 아쉽게도 이 역시 절판되었다. 필로소픽에서 다시 출간된 레이 몽크의 두툼한 『비트겐슈타인 평전』은 관련 지인의 증언이 수집 가능한 마지막 시점에 나온 책으로, 결정적인 전기라는 평을 받고 있다. 실은 히튼의 만화책보다 읽기가 수월하다. 만화에 불가피한 압축이라는 문제도 있지만, 보통 분리되어 설명되는 생애와 사상이 이 평전에서는 맞물려 등장하기 때문이다.

이차 대전이 발발했다. 이런 때 대학에서 지내는 것보다 그에게 우스꽝스러운 일은 없었다. 무어의 주선으로 병원의 약품 운반부가 되었다. 툭하면 포탄이 떨어지는 곳이었다. 병원은 새 일꾼의 정체를 알았지만 모른 척해 주었다.

제자가 군대에서 편지를 보내왔다. 원하는 보직을 얻지 못했다고 불평하는 내용이었다. "네 편지에서 좋은 인상을 받지 못했다."라고 그는 꾸짖었다. "너는 최전선으로 보내 달라고 요청해야 한다. 거기에서 너는 최소한 인생 비슷한 삶을 살 것이다……. 나는 오랜 투쟁 끝에 용기를 끌어내어 무언가를 실행한 후에는 언제나 훨씬 더 자유롭고 행복하게 느꼈다. 너는 기는 것을 그만두고 걷기를 다시 시작해야 한다. 책임질 일을 찾아서 그것을 수행하려고 노력해라. 내가 이런 말을 할 권리가 없다는 것을 알고 있다. 하지만 할 말은 그것이 전부다." 고맙게도 몽크는 어려움에 처한 보통 인간들에게 어떻게 살아야 하는지 알려 주는 이 편지를 길게 인용한다. 곤경이 시작되면 철학은 멈춘다는 세간의 격언이 있지만 비트겐슈타인과는 무관한 얘기였다.

"그의 삶과 철학을 '한 이야기' 안에서 서술하는 것이 이 책의 목적이다." 그게 보통 가능한 일인지는 알 수 없다. 왠지 비트겐슈타인 전기에서라면 가능할 것 같지 않은가. 그는 모든 고투가 드러나 있기 때문에 마치 내면이 따로 없을 것 같은 삶을 살았다. 그게 우리가 받는 매혹의 원천이다. 유언으로 자신이 멋진 삶을 살았다고 전해 달라고 했는데, '멋진(wonderful)'의 통상적인 의미를 수정해서라도 우리는 그 말을 믿게 된다.

노인과
철학 이야기

솔 나저만은 원래 독일의 철학 교수였다. 유대인인 그는 죽음의 수용소에서 아내와 자식들을 모두 잃고 혼자 살아남았다. 미국으로 이주해 뉴욕 할렘가에서 전당포를 열고 있는 그는 세상과 담을 쌓고 가게 일 외에는 아무 생각도 하지 않으며 산다. 그런데 걸핏하면 찾아오는 손님이 있다. 동네에 사는 노인인데 물건을 맡기는 건 핑계이고 올 때마다 철학적인 담론을 늘어놓는다. 나저만은 거래와 관계없는 말에는 무표정 무반응으로 일관해 왔지만, 어느 날 쇠창살 창구 앞에서 소크라테스와 보들레르가 등장하는 장광설에 열중한 노인을 처음으로 제지한다.

"그만! 잠깐만!" 놀란 노인에게 나저만이 말한다.

"평생 단 한 번이라도 이성적으로 생각할 수 없습니까?

정확하게 여기 뭐 맡기러 온 겁니까?"

　불쌍한 노인은 그날 아무 물건도 가지고 오지 않았다. 그는 우물쭈물 말을 잇지 못하다가 당신과 대화를 하고 싶어 온 것 같다고 중얼거리며 사라진다.

　시드니 루멧의 영화 「전당포」(1964)를 어렸을 때 처음 보았다. 우리가 노인을 동정하지 않기란 불가능하다. 그 이유는 그의 잘못(사람을 조금 귀찮게 한 것)에 비해 받은 모욕이 부당하게 커 보이기 때문이다. 물론 나저만의 입장도 이해는 된다. 그가 수용소 체험 때문에 인간적 감정 대부분을 잃어버렸는지 모르지만 적어도 이 장면은 잃어버린 쪽이 아니라 남아 있는 감정이 문제가 되고 있다. 우리는 별로 하고 싶지 않은 주제의 대화를 거절할 권리가 있다. 이것은 실로 인간의 평안을 좌우하는 권리인데, 전직 철학 교수로서 모든 것을 잃어버린 나저만이 철학 이야기를 견딜 수 없어 하는 게 그리 큰 잘못은 아닌 것이다. "아우슈비츠 이후 서정시를 쓰는 것은 야만적이다."라는 아도르노의 말은 잘 알려져 있다. 이 말이 다소 추상적으로 느껴진다면, 나저만 같은 이 앞에서 하릴없이 철학을 논하는 것처럼 야만적인 것은 없다고 이해해 보면 어떨까.

　적절하지 않은 이야기를 악의 없이 꺼내는 것. 이것은 참을 수 없는 일이긴 하지만 나저만의 호통이 그 점만 겨냥하고 있는 것은 아니다. 나저만이 노인에게 여기 무슨 목적으로 왔는지 '평생 단 한 번이라도 이성적으로' 생각해 보라고 요구할 때, 그는 노인이 간절히 원하던 직업 철학자의 응답을 베푼 것처럼 보이기도 한다. 노인이 무의미한 짓을 하고 있는 것은 명백하다. 전당포에 가면서 잡힐 물건조차 챙기지 않으니 말이다. 노인은 대신 소크라테스나 보들레르 같은 이름들을 담아 와서는 그 이름에 가격표라도 붙어 있다는 듯이 꺼내는 것이다. 나저만이 보기에 그 이름에는 아무 가치가 없다. 노인이 전에 가져왔던 이 달러짜리 램프보다도 가치가 없다. 소크라테스나 보들레르라는 이름의 가치는 쓸모 있는 생각을 통해서 입증되어야 하는 것이지 그 이름들이 생각의 가치를 보증하는 일 따위는 없는 것이다. 철학자들의 전기를 보면 벼락같은 한마디로 주변인들의 인생을 혼란에서 구해 주는 이야기들이 없지 않다. 나저만과 노인의 우화는 크게 보면 '철학자가 병을 고쳐 주는' 이야기의 하나라고 할 수 있겠다.

이렇게 쓰다 보니 처음에 생각했던 것보다도 더 노인의 악의 없는 무례함을 편들어 주기가 어렵다고 느껴진다. 노인이 나저만의 직업을 이중으로(전당포 주인으로도 철학자로도) 존중하지 않고 있는데, 나저만이 노인을 어떻게 존중할까. 우리는 노인이 그 뒤 다른 곳에서도 그토록 갈망하는 인

문학을 배우기는 쉽지 않겠다고 생각하게 된다. 이름이 지식은 아니고, 착한 말이 선은 아님을 깨닫지 못한다면 말이다. 어떤 종류의 배움은 선생이 학생의 존경을 받는 것만으로는 부족하고, 학생 역시 선생의 존경을 획득해야만 성립이 가능한 듯하다.

지하철의 빈자리

매일 지하철을 탄다. 앉지 않기로 한 지 오래되었다. 이유는 '앉으려고 들면 피곤해서.' 그런데 며칠 전에는 다리가 좀 아팠다. 을지로4가역쯤에서 자리가 하나 비었다. 7인 좌석 중 끝에서 두 번째 자리였다. 서둘러 갔지만, 앉지 못했다. 그 옆자리에 앉아 있던 젊은 분이 눈 깜짝할 사이에 빈자리로 옮긴 것이다. 방금까지 그녀가 앉았던 자리에 앉으면 되는데, 그럴 수 없었다. 분홍색 임산부석이었기 때문이다.

「교통약자의이동편의증진법」은 교통약자를 '장애인, 고령자, 임산부, 영유아를 동반한 자, 어린이 등'으로 정한 뒤, 이들을 위해 교통약자석을 설치할 수 있다고 되어 있다. 지하철에 고령자를 위한 경로석이 설치된 것은 1980년. 1호선밖에 없던 시절이다. 임산부 배려석은 2013년에 도입되었다. 설치가 법적인 근거를 갖고 있긴 하지만 교통약자가 아닌 이가 앉더라도 처벌 규정은 없다. 처벌하는 나라들도 있다. 한국은 아니다. 우리 법이 관여하는 것은 교통약자석이 적법하다는 것, 딱 여기까지다.

이 처벌 규정의 부재를 좋아하기는 힘든 일이다. 왜 강제하지 않을까? 왜 국가가 좋은 말은 먼저 하고, 정작 교통약자가 실제로 앉는 것까지는 보증하지 않는가? 왜 지하철 이용자들이 온갖 조마조마한 광경을 봐야 할까? 나는 지금 교통약자석에 찬성하는 입장에서 불평을 말하고 있다. 그러나 교통약자석을 명확한 권리로 볼 수 없다는 회의론 역시 같은 지점을 겨냥하게 되는 건 흥미롭다. 국가는 강제할 자신이 없는 것을 함부로 국민에게 요구해도 될까? 누가 국가에게 교육자 노릇이나 해 달라고 했나? 요컨대 국가의 불철저한 개입이 양쪽 입장의 공통적 슬픔이 되고 있는 것이다.

그런데 이번에 생각이 조금 바뀌었다. 이 어정쩡한 상태에 좋은 점도 있음을 발견하게 된 것이다. 며칠 전 지하철의 그 젊은 분을 보자. 그녀는 처벌받을 위험도 없었고 자리를 옮기라는 강요도 받지 않았지만 다른 자리로 옮겼다. 순전히 도덕적 이유로, 자신이 이 자리를 비키는 게 옳다고 느꼈기 때문일 것이다. 물론 애초에 거기 앉지 않는 편이 더 좋았겠지만, 본인도 그걸 모르지는 않았다. 그건 나중의 행동으로 보아 명백하다. 우리는 사소한 거짓말을 뱉은 뒤 비참한 기분으로 하루를 보낼 때가 있는데, 자격 없이 교통약자석에 앉아 있는 기분도 그와 비슷할 것이라고 생각한다. 교통약자석은 우리가 생활 속에서 치르는 일종의 도덕 시험이다. 거짓말과 다른 점은, 거짓말은 자신의 것만 바로 알 수 있을 뿐이지만 교통약자석 위반은 마치 극장처럼 되어 있는 지하철 좌석 구조 때문에 누구나 잘 관전할 수 있다는 것이다. 이런 도덕 시험을 억압적이라고 간단히 규정하지 말기 바란다. 이런 시험은 줄이기는커녕 좀 더 늘어나야 할 종류의 것이다. 만일 코로나 같은 위기 상황에서 국민의 도덕적인 역량이 필요하다면, 그게 이런 일상적인 연습 없이 갑자기 발휘될 수 있을 거라고 생각하지 않는다.

말년의 저서 『학부들의 논쟁』(1798)에서 칸트는 썼다. "선은 자유 상태에서만 발생할 수 있을 뿐이다." 국가는 국민을 선하게 만들 수 없고, 단지 자유를 줌으로써 스스로 선하게 될 기회를 줄 수 있을 뿐이라는 뜻으로 읽었다. 뭐든지 세밀하게 법으로 정해 놓는 이상적 사회가 있다면 개인은 도덕적 판단을 안 해도 되니 편할 것 같지만 실은 그렇지 않을 것이다. 그곳에선 위법 아닌 것은 모조리 당당하게 합법이고, 구성원들은 서로가 도덕적 백치임을 발견하고 새삼 놀랄 뿐일 테니까. 우리가 아직 그런 상태가 아님을 확인해

수는 장치가 있는 건 좋은 일이다. 예컨대 비어 있는 교통약
자석 같은 것 말이다.

철학자

자유의 조건

"영국인들은 스스로를 자유롭다고 여기지만, 이는 심한 착
각이다. 그들은 단지 선거일에만 자유로울 뿐이며, 다음날
다시 노예로 돌아간다." 18세기 사상가 루소의 이 말은 선
거에 관한 가장 유명한 인용구일 것이다. 당사자인 영국인
들은 이게 좀 재미있다고 느끼는지 선거일이면 이 인용구를
신문 1면에 크게 싣는 경우도 있다. 이런 말을 붙여서. "자
유로운 날이니 오늘 신문은 공짜(free)입니다!"

　　루소의 말은 『사회 계약론』(1762)에서 '대의제'라는 장
에 나오는 것으로, 시민들이 주권을 대표자에게 양도하는
한 자유롭게 사는 건 꿈같은 일이라는 내용을 담고 있다. 여
기에서 기억할 한 가지 사실은 루소가 프랑스 사람이 아니
고, 시민들의 자치 도시인 제네바 출신으로서 고향에 무한

한 자부심을 갖고 있었다는 것이다.(아쉽게도 제네바는 직접 민주정을 유지하지 못하고 1780년대에 대의제로 바뀐다.) 루소가 '영국인들은 스스로를 자유롭다고 여긴다'고 써서 마치 이것이 그들만의 의견이라는 식의 뉘앙스를 풍긴 것은 약간은 반칙이었다. 바다 건너 프랑스인들 역시 영국이 자유롭다고 생각하고 있었으며, 그 믿음의 열렬함은 오히려 영국인들을 능가하는 감이 있었다. 루소의 영국관은 대세에 별로 맞지 않았다.

몽테스키외의 『법의 정신』(1748)에는 영국을 '행복의 낙원'이라고 부르는 구절이 나온다. 영국의 자유는 그처럼 인상적이었다. 다만 영국인들이 자유를 획득한 비밀이 무엇인가에 대한 논의에 이르면, 자극적인 이야기는 의외로 찾기 어렵다. 볼테르는 그 비밀을 상업이라고 단정한다. 상업이 자유를 낳고, 자유가 다시 상업을 촉진했다는 것이다.(『철학 서한』) 몽테스키외도 같은 의견이었다. 이들은 영국의 관용이나 절제를 찬양하기는 했지만 이런 미덕은 자유의 결과이지 원인은 아니라고 본 듯하다.

영국인을 자유롭게 한 정신적 조건을 탐구한 책으로 미국 사상가 랠프 월도 에머슨의 『영국 국민성론』(1856)이 있다. 에머슨은 영국인에게서 가장 눈에 띄는 특질로 용기(pluck)를 든다. 이는 "주교부터 마부까지 이 국민 모두가 가진 특질"로 "그들은 자기 생각을 그렇다 아니다로 그 자리에서 말하지 못하는 겁쟁이들을 싫어한다. 겁쟁이가 아니라는 것을 보여 주면 그들은 당신을 불쾌하게 하지 않을 것이고, 무슨 짓을 하든 내버려 둘 것이다." 불법만 아니면 말이다. 이 '내버려 둔다'는 일단 두고 보다가 나중에 거두어들일 수도 있는 허용이나 관용이 아니라, 무조건적이고 항구적인 무관심임이 밝혀진다. "그들은 남의 얼굴을 쳐다보지 말라고 훈련받은 것이 아니라 정말 자기 일 말고는 관심이 없다." 그 결과 "영국처럼 괴짜들이 자유롭게 활보하는 곳은 없다."

이렇게 이상화된 영국인의 초상이 얼마나 실제와 가까운지 따지는 건 부질없어 보인다. 에머슨의 요점은, 자유에는 개인적인 용기가 필요하고 집단적인 무관심도 필요하다는 것이다. 오늘날의 상식은 이런 생각에 저항한다. 지난 백년간 우리의 언어는 공동체와 배려를 중심에 놓고 진화해왔기에, 사회가 개인에게 무관심도 제공해야 한다는 문장은 뭔가 오류로 여겨진다. 그러나 생각해 보면, 내가 신경을 끄지 않고, 시선도 떼지 않고서 어떻게 상대방에게(그리고 나에게) 자유를 줄 수 있을까? 자녀나 부모, 직장 동료 문제로 힘들어서 상담을 받는 경우, 짐작할 수 있듯 최종 해답은 문제의 인물이 나와 다른 사람임을 인정하고, 영향 받거나 영향 주려고 하지 말고 무관심해지라는 것이다. 스팅의 노래 중에 「사랑한다면 그들을 놔줘(If You Love Somebody, Set Them Free)」가 있다. 에머슨이라면 조건절은 '사랑하지 않아도'가 더 낫다고 생각했을 것이다.

적이 없는
세계에서

경수는 받을 돈을 받으러 갔을 뿐이다. 그러나 '지금 형편이 어렵다'며 버티던 선배는 마지못해 돈을 내주며 충고라도 하듯 말한다.

"우리 사람 되기 어려워도 괴물은 되지 말자."

영화 「생활의 발견」에서 이 유명한 대사가 처음 등장하는 장면에는 약간의 파렴치함이 있다. 일을 시켰으면 돈을 줘야 하지 않을까? 우선 너부터 사람이 되어야 하는 것이 아닐까? 만일 경수가 선배의 부당한 프레임을 따지고 들었다면 영화가 어떻게 흘러갔을지 모르겠다. 그러나 경수는 자리를 뜨고, 대신에 귀에 들어간 것은 반드시 입으로 나온다는 홍상수 영화의 법칙에 따라 여행 중에 만나는 사람들에게 닥치는 대로 이 대사를 사용한다. 사용해 보니 이보다 자유자재로 써먹을 수 있는 말도 없었다.

　이 편리한 대사가 새삼스럽게 공론의 장으로 불러내진 적이 있다. '586세대의 내면 풍경을 절묘하게 보여 주는 대사'라는 해석도 보았다. 좌절된 이상주의와 타락의 최저선을 제시했다는 것이다. 윤리적으로 추락하고 있는데, 바닥이 어딘지 모르는 세대의 두려움과 자성이 표현된 것이라고. 흠. 홍상수 영화를 좋아하지만 사실 그렇게 바라본 적은 없었기 때문에 흥미로웠다. 이건가? '마르크스주의를 버렸을지언정 신자유주의에 투항은 하지 말자.' 이것도 가능하겠다. '○○당을 안 찍더라도 ××당은 찍지 말자.' 벌써 지루한 느낌인데, 이런 것도 가능하지 않을까? '건강식은 못 챙겨 먹더라도 라면은 먹지 말자.'

　요점은 "사람 되기 어려워도 괴물은 되지 말자."는 경수가 깨달았듯이 어떤 경우에도 통용될 항진 명제에 가깝다는 것이다. 그런 말이 승리감을 준다면, 이게 겉보기처럼 '우리 타락하지 말자'는 권유가 전혀 아니기 때문이다. 너는 '괴물'로 추락하는 자리에, 그리고 나는 너를 꾸짖는 '사람'의 자리에 당연한 듯 배치하는 권력 효과 때문이다. 이 말이 수행하는 것은 권력 투쟁이고, 카를 슈미트의 유명한 말 "정치는 적과 동지를 구분하는 것이다."를 교과서적으로 실천한다. 이 대사에서 586세대의 자성을 찾기는 어려울 것 같다. 자성이 아니라 꼰대질 그 자체가 아닐까.

아니나 다를까 이때 카를 슈미트의 적과 동지 이론도 함께 호출되었다. 다만 맥락은 조금 다르다. 나치에 복무한 이 불길한 사상가까지 불려 나온 것은, 과도한 진영 대립이 국가가 버티지 못할 수준에 도달한 것이 아닌가라는 염려 때문인 듯했다. '슈미트의 길로는 가지 말자'고 하는데, 그게 의지로 될 일인지는 모르겠다. 슈미트의 적은 다르게 생긴 자이고, 개념 속에 이미 물리적 제거가 포함되어 있다. 이론상, 정치는 죽느냐 사느냐뿐이다.

바이마르 공화국 시절인 1932년에 슈미트는 적과 동지 이론에 도달했다. 1978년 서독에서 약간 수정한 버전은 그만큼 유명하진 않지만 재치가 있다. "인류에게 적은 존재하지 않는다." 적은 인간 취급을 받지 못하리라는 뜻이다. 왜냐하면 인권을 가진 동등한 시민들 속에 적이 있을 리는 없으니까. 우리가 인류를 대표하고 있는 이상, 우리의 적은 사람이라고 볼 수가 없을 것이고 그들은 그에 마땅한 대접을 받게 될 것이다. 당시 슈미트는 구십 세였는데, 얼핏 평화로운 전후 세계에 대한 노인의 비웃음이 들리는 것 같다.

그 대사에 왜 '괴물'이 나오는가라는 의문은 이렇게 풀린다. 사람을 존중하는 관용적 민주 사회의 역설은 적을 괴물, 사람 이하의 존재로 호명할 수밖에 없다는 것이다. 어떻게든 상대를 비인간화시키는 것이 오늘날의 주된 정치 투쟁이다. 지금 과격한 강령을 내세우는 정파는 드물다. 모두가 더 큰 연대를 확보하려 노력하며, 인류의 대변자라도 된 듯한 온건한 메시지밖에 말하지 않는다. 그러나 그럴수록 정치는 인간에 속하지 않는 괴물들을 절멸시키려는 투쟁이 되어 버리는 역설은 아직 해결되지 않았다. 정치는 얼마나 놀라운 것인가. 상대가 괴물로 추락하면 우리는 사람의 자리를 독차지할 수 있으니 말이다.

철학자

가상 인터뷰

그날 사무실에서 '헤겔'이라고 웅성거리는 소리가 들렸다. 그게 수능 문제에 헤겔이 나왔기 때문인 줄은 몰랐다. 화제가 된 문제를 읽어 보니, 과연 어려워 보였다. 그렇지만 논란의 원인이 문제가 어려워서인지, 무려 헤겔이 나왔기 때문인지, 아니면 헤겔까지 나온 문제를 감히 어렵게 냈기 때문인지는 모르겠다. 사실 헤겔은 까마득한 옛날부터 세계사와 국민윤리 등 교과서에 나왔으니 수능에 나오지 말라는 법은 없다. 만일 헤겔 문제가 단답형 암기 테스트로 출제되지 않은 게 잘못이라면, 그동안 프랑스식 철학 논술 고사를 모범처럼 떠받들던 그 많은 논의는 대체 무엇을 겨냥한 것이었는지 이해하기 어려워진다.

눈에 띄는 점은 지문이 헤겔과 누군가의 가상 대화로

되어 있던 것이다. 역사상의 위인이 등장하는 이런 식의 가상 인터뷰가 흥미의 차원에서든 교육적인 목적에서든 심심치 않게 사용되고 있는 것은 사실이다. 그러나 수십만 명의 수험생을 상대로 국가가 주관하는 시험에 이를 등장시키는 것은 확실히 아슬아슬한 느낌을 준다. 헤겔이 말했을 법은 하지만 하지는 않은 말에 헤겔 이름을 붙여 놓았고 출제자도 이를 알고 있다고 공표하고 있기 때문이다. (어쩌면 헤겔의 대사는 지어낸 것이 아니라 실은 헤겔의 저작에서 축어적으로 인용한 것일지도 모르겠다. 그렇다면 내 걱정은 쓸데없게 된다. 그렇지만 그 정도로 출제 의도에 부합하는 인용문을 찾아냈다면 굳이 가상 대화에 넣을 이유도 없어진다.)

가상 인터뷰의 조건은 이렇다. 일단 실존 인물이 하나이상 있어야 한다. 모두가 허구의 인물이면 가상이라는 말이 무의미하다. 그 인물이 어느 정도 유명하기도 해야 한다. 그래야 그가 했을 법한 말을 상상할 수 있다. 기본 형식은이렇다. 타임머신을 타고 모차르트를 찾아가 비틀스의 음악을 들려주고 의견을 물어본다. 예가 너무 별로인 점은 양해를 구하겠는데 이 설정에서 어떤 괜찮은 대답을 들을 수 있을지 의문이다. 진짜 모차르트의 반응이라면 그냥 한숨만쉬더라도 나름 의미가 생기겠으나, 이는 불가능하니 작성자가 임의로 추측할 수밖에 없다. 그렇다면 이에 굳이 모차르

트 이름을 붙여서 얻는 유익이 뭘까? 가상 인터뷰의 '가상'
이 추측을 의미함은 모두가 알고 있다. 단지 그 약점을 워처
럼 극단적으로 상기시키는 경우가 많지 않을 뿐이다. 가상
인터뷰가 지식을 전달하는 형식지고는 왜곡률이 너무 높시
않냐는 문제 외에도 그게 가졌다고 하는 교육적 효과에 대
해서 나는 전부터 회의적이었다. 보통 그게 그다지 재미있
지도 않기 때문이다.

가상 인터뷰는 복화술의 한 형식이다. 아무리 위인이나
천재라 해도 작성자가 아는 것 이상을 말해 주지는 못한다.
그것이 일차적인 답답함이다. 여기에 작성자가 제공하는 이
차적인 답답함도 추가해야 한다. 그는 자기가 뻔히 아는 답
을 위인(물론 자신)이 말하게 하기 위해서 짐짓 모른 체하고
질문을 던진다. 방에는 자기 말고 아무도 없는데 마치 한 명
더 있는 체한다. 이런 장면의 괴로움은 작성자가 대개 프로
극작가가 아니기 때문에 더 심화되기 마련이다.

작성된 가상 인터뷰가 마음에 드냐고 당사자에게 물어
보면 될 일이긴 하다. 얼핏 불가능해 보이지만, 가능한 경우
도 없지 않다. 스위스 기자 톰 쿠머는 할리우드 스타들과의
수많은 인터뷰로 독일어권에서 유명했다. 2000년 그 인터
뷰들 전부가 가짜, 순전히 상상으로 쓴 것임이 밝혀졌다. 쿠
머는 변명했다. 이것은 '인터뷰 형식을 차용한 인상주의적

묘사의 시도'였다는 것이다. 그 취지는 교육적인 가상 인터뷰와 크게 다르지 않았다. 쿠머의 인터뷰는 인터뷰가 아주 잘된 날에도 따내기 힘든 인상적이고 개성적인 발언으로 가득했다. 물론 이런 것에 고마워한 할리우드 스타는 별로 없었다.

더 두려운 일

갑자기 기분이 좋아진 악당 두목이 붙잡은 적이나 양민에게 선심을 쓴다. "좋아, 너희까지는 살려 주지." 영화에서는 그때 그러지 말라고 조언하는 음침한 얼굴의 부하가 옆에 한 명쯤 있기 마련이다. 두목보다도 잔인하고, 의심 많고, 집요하게 사악한 이런 유형이 얼마나 현실적인 것인지는 알 수 없다. 그러나 우리는 이런 자들이 온건한 성품의 부하보다는 그럴듯하다고 느낀다. 악당 두목에게 사람을 죽이지 말라고 충고하는 선량한 부하라는 것은, 목숨이 열 개 있어도 위태로워 보이니 말이다. 아마 한 조직이 선한지 악한지 알 수 있는 가장 빠른 방법은 두목보다 착한 부하가 생존이 가능한지를 살펴보는 것일지 모른다.

이차 대전 말 독일의 패배가 명백해 보일 무렵, 지금까지 독일에 협조적이던 헝가리 정부가 부탁을 하나 해 온다. 수천 명의 자국 유대인들을 중립국으로 풀어 주려고 하는데 눈감아 달라는 것이다. 놀랍게도 히틀러는 동의한다. 아마 총통은 이 판국에 골치 아픈 실랑이를 해 봐야 이득이 없다고 생각한 듯하다. 그러나 유대인 말살 실무의 총책임자인 아이히만이 제동을 건다. 총통의 이번 지시를 납득할 수 없었기 때문이다.

나는 아이히만에 대한 단편적 지식밖에 없으며, 이런 예로 아이히만이 히틀러보다 한술 더 뜨는 악당이 되는 건지는 잘 모른다. 그러나 잠자코 있으면 살릴 사람들을 굳이 죽이기 위해 그가 의식적인 선택을 한 것은 분명하다. 이런 선택을 평범함이나 복종이라는 말로 포장하기는 어렵다.(분명히 그는 복종하지 않았다.) 놀랍게도 아이히만은 이십 년 뒤 바로 평범함과 복종의 대표자로 부활하게 된다. 한나 아렌트의 책『예루살렘의 아이히만』(1963) 때문인데, 아이히만 재판을 지켜본 그녀는 그를 사악하기보다는 평범하고, 고지식하게 명령을 수행하려 애쓴 다소 머리가 둔한 공무원적 인물로 묘사했다. 아렌트는 역사상 최악의 범죄가 이토록 평범한 인물에 의해 수행된 것에 착안하여 악의 평범성(banality)이라는 개념을 제창했다. '악의 진부함'으로 옮기기도 하지만 구분되어 통용되고 있는지는 잘 모르겠다.

아이히만이 평범한 인물이었는지는 의문이다. 일상적인 의미에서 말이다. 게다가 아렌트가 말한 평범함은 보통 사람의 특출하지 못한 면을 중립적으로 묘사한 것이라기보다는 그녀가 견딜 수 없어 하는 모든 특성의 종합 같은 인상을 준다. 나중에 그녀는 좀 더 힌트를 주었다. "그의 특징은 천박함이었다." 악의 평범성이라는 용어는 그 대중성에도 불구하고 근본적으로 대중화될 수 없는 전제 위에 서 있었다. 자신이 몹시 싫어하는 부류에게 '평범하다'는 수식어를 부여하는 것은 대부분의 사람들에게는 불가능한 일이다. 아렌트 같은 지식인 귀족이 아니라면 말이다.

평범함은 잠시 잊자. 아이히만은 딱히 이해하기 어려운 인물은 아니었다. 그는 별 볼 일 없이 지내다가 나치당에 가입하고, 동네에서 행동대장 노릇을 좀 하다가 중앙에 불려가서 유대인들을 죽이는 일에 열과 성을 다했다. 의무라서 열심히 한 게 아니라 강렬한 이데올로기적 동기가 있었다. 그런 게 없었다면 나치당에 가입하지도 않았을 것이다. 나중에 그는 자신을 직무를 수행하는 관료 정도로 생각한 모양이지만, 맬컴 글래드웰에 따르면 그건 조폭들도 흔히 빠지는(그리고 좋아하는) 상상이라고 한다.

사상가들은 악을 추상화하려고 하지만, 악은 그럴수록 알기 어려워진다. 눈에 띄는 것을 덮고, 잘 보이지 않는 것을 핵심이라고 내세우면 그럴 수밖에 없다. 내용이 없어진 개념들이 그렇듯 악의 평범성은 아무 때나 아무에게나 적용해도 되는 말이 되었다. 그것은 일방적으로 평범한 사람들에게만 겁을 주는 말이기 쉬웠다. 악당들도 마찬가지로 겁을 먹으면 좋을 테지만, 그 개념이 그런 방향으로 작용할 수 있는 것인지는 조금 의문이다. 그러나 평범한 사람이 악당이 되는 것보다, 악당이 자신을 지극히 평범하고 정상적인 사람이라고 여기기 시작하는 것, 그게 훨씬 두려운 일이 아닐까.

철학자

히틀러라는
딱지

1933년 시카고 세계박람회의 포스터를 접하고 놀란 적이 있다. 포스터에는 깃털 모자를 쓴 인디언의 유령처럼 흐릿한 얼굴 옆에 그리스 여신 같은 얼굴이 대조적으로 또렷하게 그려져 있다. 상단에는 '백 년간의 진보'라는 제목이 보인다. 1833년은 아메리카 원주민들이 강제 퇴거당하고 시카고의 역사가 시작된 해이다.

포스터의 전언은, 그 백 년간의 진보가 인종의 교체로 요약된다는 것이다. 끔찍하지만, 이런 것을 보면 이후 구십 년 동안 세계가 확실히 진보하기는 했다. 오늘날 이런 포스터를 보란 듯이 제작할 정부는 없을 테니 말이다. 그렇게 되기까지 여러 일들이 있었지만 가장 결정적인 계기는 1945년 4월 히틀러가 베를린 벙커에서 자살한 일이다. 그때 그가 주송한 인종주의, 우생학, 광신적 민족주의 등 잘못된 사상들 역시 자동적으로 공론의 장에서 퇴출되었다.

아마 실상은 그리 '자동적'이지는 않았을지 모른다. 하지만 나치 이데올로기나 그 변종이 용납되어서는 안 된다는 전제 자체가 의문시된 적은 없었다. 나치즘의 혐의가 있느냐 없느냐는 전후 정치와 공론의 장에서 최소한의 입장권 검사 노릇을 했다. 이 검사에는 강력한 효율성이 있었다. 첫째, 결론이 빨랐다.(히틀러가 나쁘다는 전제에 모두가 동의하고 있으므로) 둘째, 이해하기 쉬웠다.(히틀러의 악행이 너무 대규모였으므로) 아마 이차 대전 전에 유사과학 이론과 피곤한 논쟁을 벌이던 학자들은 전후 왜 이렇게 일이 쉬워졌나 놀랐을지도 모르겠다. 히틀러의 주장과 같다는 것만 지적하면 되었기 때문이다.

그러나 이런 효율성에는 부작용이 있는데, '히틀러'가 마치 엄청나게 신통한 부적처럼 보이게 된 것이다. 관련이 있든 없든 마음에 안 들면 히틀러 딱지를 붙이는 버릇은 최신 발명이 아니다. 전쟁 직후까지 거슬러 올라간다. 나는 그것이 상대방을 악마화하려는 의도뿐 아니라, 히틀러 딱지가 수행한 놀라운 효율을 눈으로 확인한 결과이기도 한 것이 아닌가 하는 생각이 든다. 물론 이 딱지는 만능이 아니다. 예를 들어 히틀러가 채식주의자였으므로 채식주의는 나쁘다고 주장한들 채식주의가 퇴출될 리는 없다. 히틀러의 '악행'과 구체적인 연관이 없기 때문이다.

그러나 채식주의처럼 알아차리기 쉬운 예는 많지 않으므로 사람들은 뭐든 시도해 볼 수 있다고 생각하는 듯하다. 정신분석학자 엘리자베트 루디네스코는 인지심리학과 뇌과학이 나치 과학이라고 주장한다. 뇌과학은 정신분석에 적대적인데, 나치도 정신분석을 탄압했다. 따라서 뇌과학은 나치 과학이라는 것이다. 유사한 논리로 칠팔십 년대에 많이 읽혔던 어느 책에 나오는 구절이다. "히틀러의 파쇼 권력이 23회에 걸친 선거를 통해서 이루어졌듯이 남베트남의 독재정권도 '선거'를 통해서 이루어졌다." 여기에서 히틀러와 남베트남이 같이 묶이는 근거가 하필 '선거를 한다' 외에는 제시되지 않고 있다.

유대인으로서 히틀러를 피해 미국에 건너간 철학자 리오 스트라우스는 1953년 'Reductio ad Hitlerum'이라는 말을 만들어 냈다. 히틀러로의 환원이라는 뜻으로, 터무니없는 곳에 히틀러라는 딱지를 붙이면서 부족한 논증을 대신하려는 경향에 붙인 이름이다. 2022년 푸틴은 '나치'를 토벌하겠다며 우크라이나를 침략했다. 한국 정치가들은 여야 서로 히틀러 운운하며 다투고 있다. 나는 앞에서 히틀러를 들먹이는 이유가 시간을 절약하고 손쉬운 승리를 거두려는 욕망 탓일지 모른다고 썼다. 그러나 이 부적은 효력에 제한이 있고, 애초에 듣지 않을 무관한 곳에 사용을 남발하게 되는 경향이 있다. 나중에는 정작 필요한 곳에 쓸 게 아무것도 남지 않게 될지 모른다.

마다가스카르 계획

2019년 12월 러시아 대통령 푸틴은 전에 없이 강경하고 솔직한 말투로 어느 폴란드인을 비난했다. 이차 대전 직전 주독일 폴란드 대사 립스키. 그는 "반유대주의 쓰레기"로, "히틀러가 유대인들을 아프리카로 보내겠다고 하자, 감격하여 바르샤바에 그를 칭송하는 기념물을 세우겠다고 한 자"이다. 푸틴의 요지는 명확하다. '폴란드는 그리 착한 피해자가 아니다'라는 것이다. 여기에는 이차 대전의 기원을 독소 불가침조약에서 찾는 서방의 시각과, 이미 서방의 일원으로 행동하는 폴란드에 대한 러시아의 누적된 불쾌감이 표출되어 있다. 푸틴의 발언에 격분한 폴란드는 네 페이지짜리 성명까지 발표했다. 강대국들이 시험하듯이 주변국에 툭툭 잽을 날리는 광경은 우리에게 낯선 것이 아니다. 그러나 이 글은 그런 문제보다도, 푸틴의 재료가 된 독일의 유대인 이송 계획에 대한 이야기이다.

아마 히틀러는 립스키와 환담 중 아이디어를 꺼낸 듯하다. 그러나 이 계획이 행정 문서로 나타나는 것은 개전 뒤이다. 1940년 독일 외무부의 유대인 문제 담당 관료 프리츠 라데마허는 이런 메모를 나치 수뇌부에 전달했다. "유대인 문제의 해결은 유럽 내 모든 유대인을 타지로 몰아내는 것이다. 그 후보지로 마다가스카르를 제안한다." 마다가스카르는 아프리카 남부에 위치한, 세계에서 네 번째로 큰 섬이다. "매년 유대인 100만 명을 이쪽으로 보낸다. 친위대가 이들을 통치한다." 이 계획은 당연 히틀러의 마음에 들었다. 사실 총통은 젊은 시절 이와 비슷한 주장을 삼류 과격 출판물에서 접한 적도 있었던 것이다. 외무장관 리벤트로프와 친위대의 아이히만도 찬동했다. 단지 문제는 마다가스카르가 멀다는 것이었다.

북해만 열린 국가 독일이 유대인을 매년 100만 명씩 아프리카로 실어 나를 수 있는가는 매우 현실적인 난관이었다. 보급도 문제였다. 낯선 기후의 불모지에서 부실한 보급으로 유대인들 상당수가 사망할 것으로 예측되었다. 그러나 사망률은 중요하지 않았다. 이유는 설명할 필요가 없을 것이다. 지시 사항을 실행하기 위해 독일 관료 기구가 움직이고, 마다가스카르 계획은 매우 진지하게 입안되었다.

가장 큰 장애는 영국의 해군력을 뚫고 안정적으로 배를 보낼 방법이 없다는 것이었다. 립스키를 옹호하는 사람들은 그가 이 어려움을 직감했기 때문에 그런 입 발린 소리도 했을 거라고 추측한다. 아무튼 실행은 계속 연기되었다. 1942년 마다가스카르가 영국 손에 떨어졌다. 계획은 무산되었다. '유럽에서 유대인을 없애는 방법' 중 '이송한다'가 사라진 것이다.

마다가스카르 계획은 공연한 헛발질, 이 년간의 행정력의 낭비였을까? 그렇지 않았다. 그 성과는 심리적이었다. 홀로코스트 연구의 권위자 크리스토퍼 브라우닝은 나치 권력 집단들 사이의 경쟁에 주목한 사람인데, 그는 마다가스카르 계획이 최종 해결로 가는 중요한 심리적 준비 단계였다고 지적한다. 마다가스카르는 본심을 숨기고 대중을 미혹하기 위한 트릭, 요즘 말로 애드벌룬 같은 것이 아니었다. 계획 자체가 비밀이었고 나치 수뇌부와 관료들은 이를 진지하게 믿었다. 그리고 이 계획을 포기해야 했을 때, 그들은 '이제 남은 해결책'으로 빠르게 이동할 수 있었다. 마치 아이를 숨겨 놓는 게 예상 외로 성가신 일이라는 걸 깨달은 유괴범이 '조용하게 만드는 데' 망설임이 없어지는 것처럼 말이다. 개인과 마찬가지로 권력 집단 역시 한번 발을 잘못 디디면 심연을 향해 한 방향으로만 가는 것이다. 간혹 계획이 좌절될 때, 문득 정신 차리고 뒤돌아설 수 있을까. 그보다는 더 끔찍한 다음 단계로 질주하는 것이 보통 아닐까.

전쟁 극장

원고를 읽는데 '전쟁' 옆에 '극장'이라는 말이 나온다. 그러
면 편집자는 머리가 복잡해지기 시작한다. 군사학 용어로
전쟁이 진행되는 영역을 뜻하는 theater of war를 번역자
가 '전쟁 극장'이라고 무심코 옮겼을 가능성이 있기 때문이
다. 일본인들은 전역(戰域), 중국인들은 전구(戰區)라 옮기는
데, 한국에선 이를 둘 다 쓰기도 하고, 안 쓰기도 한다. 클라
우제비츠『전쟁론』(1832)의 국내 초역에서는 전장(戰場)이
라고 했다. 그런데 '전쟁 극장'은 오역이 아닌 경우도 있다는
데 묘미가 있다. 극장이라는 본래의 의미를 드러내는 게 원
저자의 의도인 것도 있으니 말이다. 편의상 나도 전쟁 극장
이라는 말을 사용하겠다. 그렇다고 이를 번역어로 제안하려
는 건 아니다.

전쟁 극장은 클라우제비츠 이전부터 있던 말이다. 속설에 의하면 전황이 궁금한 왕과 영주들이 지도를 가지고 보고받는 것으로는 만족할 수가 없어, 좀 더 실감할 수 있도록 전쟁을 극화해 궁정 무대에 올리게 한 것이 어원이라고 한다. 이런 극장은 대중을 상대로도 존재했다. 프랑스 혁명에서 나폴레옹 전쟁으로 이어지는 시기에 영국의 흥행업자들은 유럽 전쟁터에 특파원을 파견하고, 그들이 새로운 전투 소식을 보내오는 대로 재빨리 극화해 런던 극장에서 돈을 벌었다.

클라우제비츠는 극장을 외부 현실로부터 분리된 독립적인 공간이라는 의미로 사용한다. 서양 문화에서 극장이 이 정도로 광범위하고 깊게 뿌리내리고 있는 것인가 하고 놀랄 때가 있는데, 우리는 수술실의 옛 명칭이 수술 극장(operating theater)이었음을 떠올릴 수도 있을 것이다.

군사(軍事)라는 것의 극장적 요소들은 흔히 지적되고 있다. 실용적이라 보기 어려운 번쩍이는 군복이라든지, 해마다 광장에서 펼쳐지는 열병식 같은 것들이 그러하다. 이런 것은 보여 주기 위한 것이다. 그러나 실제 전쟁 역시 마찬가지다. 전략적으로 의미가 없을 것 같은 민간인 지역을 초토화시켰다는 뉴스가 나온다. 물론 이는 공격자가 자신들이 이처럼 무자비하다는 것을 의도적으로 알리려는 것이다.

철학자

그런데 왜 알리는 걸까?

전쟁은 자체의 목적과 효율성을 따르는 게 아니라 정치에 복종할 뿐이다. "전쟁은 다른 수단을 이용한 정치의 연장"이라는 경구처럼, 전쟁 중에도 외교 협상은 계속된다. 전쟁 중 정치가 사라지거나 우위를 잃는 일은 발생하지 않는다. 정치의 입장에서 최종 목적은 유리한 강화 조약의 체결이며, 전쟁은 이를 위한 협상 도구에 지나지 않는다. 전쟁이 평화 협상과 반대이기는커녕 바로 그 테이블에 펼쳐 놓는 수단임을 이해할 때 우리는 전쟁의 민얼굴에 좀 더 접근하게 된다.

2022년 4월 11일 한국 국회의사당에서 우크라이나 대통령 젤렌스키의 화상 연설이 있었다. 알다시피 문제가 있었는데, 첫째, 장소가 본회의장이 아닌 지하 강당이었고, 둘째, 참석 의원이 300명 중 50명에 불과했고, 셋째, 단 한 차례의 기립 박수도 없었다.(핸드폰들을 보고 있었다.) 개전 후 젤렌스키가 화상 연설을 행한 국가는 스무 개가 넘는데 이런 대접은 처음이었다고 한다. 한국인들의 무심한 반응은 여러 나라에 놀라움을 불러일으켰다.

국회의원들은 젤렌스키를 '봐 주러' 갔다고 생각했을 것이다. 그 극장의 진짜 무대는 스크린이 아니라 관람석이라는 것을 감지한 의원은 없었던 듯 보인다. 만일 한반도에

위기가 닥쳐 외부의 도움을 요청하는 상황이 오면, 저 국회 풍경은 외국 뉴스에 냉소적으로 인용될 것이다. 1953년 정전 협정 이후 한국은 '엄밀하게는' 칠십 년간의 전쟁 상태에 있다. 이는 우리가 초등학교 때부터 배워 온 것이다. 그러나 실제로는 한국이 전쟁에든 외교 협상에든 전 세계에서 가장 무관심하고 태평한 나라가 된 것이 사태의 진상일지도 모른다.

챗지피티

챗지피티(chatGPT)-3는 샌프란시스코의 인공지능 스타트업 오픈에이아이가 공개한 프로그램이다. "눈 오는 날에는 어떤 신발이 좋아?" 같은 물음에서부터 "이런 결과가 나오게 코딩해 줘." "제이차 세계대전의 원인을 분석해 봐." 등의 질문에 삼 초 만에 답을 준다. 유명인의 추모사라든지 논문 초록을 써 달라는 요구에도 꾸물대지 않고 응해 주는 것은 물론이다. 화이트칼라 노동을 기계가 대신해 주는 미래가 갑자기 우리에게 맛보기로 제공된 것이다. 몇 초 만에 끝나는 것을 노동이라고 부르게 될지는 의문이지만 말이다.

　사람들의 의견은 대체로 '약간 아쉬운 부분은 있지만 이걸 기계가 썼다니 놀라울 따름'으로 수렴된다. 나도 시험해 보았는데, 이공계 분야에 비해 문과 쪽은 약한지 엉터리

답을 내놓기도 했다. 그렇지만 이건 사소한 문제로 보였다. 그 이름이 가리키듯 챗지피티는 대화용 프로그램인데, 중요한 건 말을 할 줄 안다는 것이다. 부족한 지식도 있겠지만 그건 나중에 더 공부하면 될 일이다. 잘 모르는 게 분명한 내용을 신중한 어조로 중언부언하는 모습은 그야말로 회사원 같아 보여서 묘한 감회를 불러일으켰다.

우리는 인공지능의 아버지 앨런 튜링이 "기계가 생각할 수 있는가?"라는 어려운 문제를 "사람이 이 기계를 사람으로 착각할 수 있는가?"라는 판별 가능한 테스트로 바꾸었다는 것을 알고 있다. 대화하면서 기계가 기계인지 사람이 못 알아차리는 지경이 되면, 그 기계는 지능이 있다고 가정할 수 있다는 것이다. 챗지피티에 대한 여러 논평이 나왔지만 이것이 튜링 테스트를 통과할지 귀추가 주목된다는 식으로 말한 사람은 별로 못 보았다. 여러 이유가 있겠지만 이미 그 정도는 높은 허들로 보이지 않기 때문이 아닐까.

체호프의 단편 「문학 교사」(1894)에는 세상 사람이 다 아는 것밖에 말할 줄 모르는 인물이 나온다. "예, 멋진 날씨로군요. 지금이 5월이니까 곧 진짜 여름이 올 겁니다. 여름은 겨울과 다르지요. 겨울에는 난로를 때야 하지만, 여름에는 난로가 없어도 따뜻하답니다. 여름에는 밤에 창문을 열어 놓아도 따뜻하지만, 겨울에는 이중창을 해도 춥지요." 튜링 테스트를 한다면 기계로 판정받을 것은 이쪽이지, 챗지피티가 아니다.

그럼 이 기계가 문학 작품도 쓸 수 있는가? 자연스러운 질문인데, 이번에도 튜링의 모범에 따라 질문을 바꿔야 할 것 같다. "사람이 기계가 쓴 작품에 감동받을 수 있는가?"로 말이다. 기계가 작품을 쓸 수 있는가는 문제가 아니다. 이미 쓰고 있다. 방금 챗지피티는 나의 요구에 따라 「겨울」이라는 제목의 정형시를 한 편 써 주었다. 각운을 맞춘 5연 20행의 이 시는 이렇게 끝난다. "겨울의 아름다움은 지속되지 않을 것이나/ 우리들 마음속에선 영원하리라." 나는 이걸 보고 웃기는 했지만 감명을 받지는 않았다. 하지만 우리가 기계의 문학성에 깜짝 놀랄 날이 안 온다고 장담할 수는 없다. 시기가 문제일 뿐이다.

"늘 일어날 수도 있다고 생각했던 일이 실제로 일어나 나는 곤경에 처해 있다." 1952년 튜링은 친구에게 편지를 썼다. "나는 곧 한 젊은 남자와의 성범죄(동성애) 혐의에 대해 유죄를 인정하게 될 것이다. 이것이 발각된 전말은 길고 흥미진진한 얘기인데 언젠가 단편소설로 쓸 생각이다." 이 편지에서 가장 눈길을 끄는 것은 자신의 체험을 문학화하려는 욕구인데, 이는 문학가가 되기 위한 것이 아니라 정신적 곤경의 탈출구로 제시되고 있는 것이다. 이 집필 구상은 실현되지 않은 것으로 보이며, 튜링은 이 년 뒤 스스로 삶을 마감했다.

1950년대 초반은 이미 기계가 소설을 쓴다는 설정의 SF 소설도 나오고 있을 때이다. 나는 이 불행한 인간이 죽기 전 자신의 이야기를 기계가 대신 쓰게 하는 상상을 해 봤을지 궁금해졌다. 이 경우 질문은 "사람이 기계를 시켜 작품을 쓰는 데 만족할 수 있는가?"일 것이고, 이에 답하기는 비교적 쉽다고 생각된다. 만족할 수 없다. 아마 우리는 결국 기계가 쓴 신춘문예 당선작을 보게 될 것이고, 사람이 쓰는 건 기계 수준에 못 미친다고 생각하게 될지 모른다. 그러나 그 뒤에도, 자신의 경험을 문학의 언어로 재발견하려는 욕구는 "우리들 마음속에 영원할" 가능성이 있다. 챗지피티의 시 「겨울」을 인용하자면 말이다.

책 읽는 노동자

농민공(農民工)은 중국에서 이주 노동자를 가리키는 용어이다. 농민의 자유로운 이주를 허용하지 않는 중국에서 농촌을 떠나 도시나 공업 지대를 떠돌며 비합법적으로 저임금 노동에 종사하는 이들의 수는 대략 2억 9000만 명쯤 된다. 법의 보호를 받지 못하는 이들이 사실상 체제를 떠받치고 있는 것이다. 2021년의 한 조사는 이들 중 7000만 명이 이미 자기 고향으로부터 '아주 멀리' 떨어진 곳까지 왔다고 추산했다. 이런 묘사는 다소 시적으로 들리기도 한다.

2021년 11월 한 농민공이 소셜 네트워크 서비스인 더우반에 글을 하나 올렸다. 그는 수년간 철학과 영어를 독학해 왔으며, 사 개월 걸려 『하이데거 입문』이라는 영문 책의 번역을 마쳤다고 하면서 출판 가능성을 알고 싶어 했다. 이

때까지 더우반의 '하이데거 방'은 회원 2만 명가량의 한적한 (중국 기준으로) 곳이었다. 첫 반응은 글이 진짜인지 의심스럽다는 것이었다. 믿기 힘든 내용에 문체도 노동자가 쓴 것 같지 않아 보였다. 이어진 반응은 현실적인 것으로, 학계나 출판계에 연줄이 있지 않는 한 출간은 어렵다는 것이었다.

사 개월간의 고투가 허망하게 정리될 무렵, 이 사연이 소셜 네트워크에서 뜻밖의 화제가 되면서 하이데거를 읽는 농민공은 중국인들의 열렬한 관심의 대상이 되었다. 《인민일보》는 기사에 "인간은 시적으로 산다."라는 하이데거의 말을 인용하기까지 했다. 기사들을 종합하면 첸지(필명)는 삼십 대 초반의 남성으로, 십여 년 전 형편상 대학을 중퇴한 뒤 각지를 떠돌아다니며 노동에 종사해 왔다. 매일 열두 시간 노동 후의 무력감 때문에 책을 읽기 시작했고, 이후 철학, 특히 하이데거에 매료되었다. 그는 일터에서는 철학을 생각하지 않는다고 했다. 왜냐하면 그것은 불가능하기 때문이다.

이쯤에서 하이데거가 예로부터 사회주의권에서 언제나 인기 철학자였다는 사실을 언급해야 한다. 냉전 시절과 달라진 점은 당국이 신경질적인 반응을 보이기는커녕 이런 비정치적 철학에 호의적이라는 것이다. 아무튼 첸지 이야기는 지구를 반 바퀴 돌아 철학자 지제크에게까지 도달했다. 지제크는 서구인들이 즉각 떠올릴 수 있는 반응이 다음 두 가지일 거라고 말한다. 하나는 마르크스주의적 비판으로, 첸지 같은 노동자가 자기 현실을 깨닫고 이를 타파하는 데 하이데거는 좋은 도구가 아니라는 것. 또 하나는 시사적인 비판으로, 하이데거는 마지막 유고가 공개되면서 완전히 반유대주의 나치로 낙인찍혔기 때문에 그를 진지하게 공부하는 것은 옳지 않다는 것. 지제크는 두 비판을 다 기각하며 첸지의 선택을 옹호한다. 하이데거가 최고여서가 아니다. 적어도 서구인들처럼 자기가 아는 이론과 상식으로 뭐든 간단히 처리하는 것보다, 첸지처럼 자기 삶의 자유를 찾기 위해 철학을 추구하는 태도가 훨씬 훌륭하기 때문이다.

여기에서 지제크가 복잡한 이야기를 하는 것일까? 요지는 '그가 뭘 읽든 넌 신경 쓰지 마'라는 게 아닐까? 첸지가 가진 핸디캡(지적이든 경제적이든)은 참견쟁이들을 모여들게 하는 좋은 조건이 된다. 그에게 적합한 책은 따로 있다며 높은 위치에서 나무라는 이 사람들은 지제크가 '서구인'이라고 부른 유형이다. 경제적인 욕망도 네 처지에 맞게 가지라고 충고하는 세상에서 독서에 관한 참견쯤이야 애교일지도 모르겠다.

얼마 전 더 추락한 성인 독서율 통계가 발표되었다. 책 안 읽는 이유는 '일 때문에 시간이 없어서'가 1위였고, 소득

이 낮을수록 독서율도 낮았다. 노동과 가난. 사람들을 가차 없이 책과 멀어지게 하는 이유들이 첸지의 경우에는 반대로 책을 집어들게 했다. 삶이 이런 식으로 끝나는가 하는 두려움에 펼친 하이데거 책에서 첸지가 뭘 봤는지는 모르겠다. 그러나 그에게 꼭 필요한 내용이었음은 의심의 여지가 없다.

완전한 소모

아이가 태어난 해에 디지털 카메라를 샀다. 그때 '못 찍은 사진도 지우지 말 것'이라는 충고를 어디에서 읽었다. 그 뒤 사진은 무한히 늘어 갔다. 이를 날리지 않기 위해 계속 하드 디스크를 추가하고, 이조차 불안해서 해외 백업 서비스들을 구독하게 되었다. 그렇지만 사진들을 자주 꺼내 보지는 않았다.

올해 시간 여유가 좀 생겨, 거실에 있는 컴퓨터에 가족들 찍은 사진을 전부 복사해 넣고, 24시간 무순서로 재생하게 해 놨다. 요즘은 매일 몇십 분씩 이를 들여다보는 게 큰 낙이다. 보다 보면 얼마나 많은 물건들이 그동안 이사 다녔던 여러 집들을 채웠다가 사라졌는지 놀라게 된다. 낯익은 파란색 플라스틱 흔들목마나, 아이들이 기차처럼 타고 놀던 바퀴 달린 수납함 같은 것이 사진 한구석에 등장하면 정말이지 마음 한구석을 뭔가가 찌르는 듯한 느낌을 받는다. 이것들을 집에서 치운 것은 십 년 전일까? 정확히는 알 수 없다. 이 부재를 기억하는 사진이라도 온전하니 다행일 것이다.

물건을 줄이는 삶, 간소한 삶에 대한 담론은 늘 있었지만 대유행이 되기도 했다. 공간은 비울수록 아름답고, 옷은 몇 벌이면 충분하고, 매일 물건 하나씩 줄여야 하며, 그게 지구에도 이롭다는 것이다. 과연 삶을 간소화할 수 있는 것인가 하는 근본적인 의문은 접어 두자. 이 담론이 다이어트와 똑같은 갈망을 가리키고 있는 것은 명백하다. 나는 이 삶을 지고 가는 것이 힘들고, 출발점에서 새로 시작하고 싶으며, 자신과 주변에 대한 지배력을 회복해야겠다는 것이다. 물건들은 체중과 같고, 물건이 없거나 버려서 생긴 불편은 배고픔이나 운동의 고통과 등가이다.

그렇지만 간소한 삶과 다이어트의 유사성은 피상적인 데서 그친다. 다이어트는 자기의 지방을 태우지만, 간소한 삶은 물건을 내버릴 뿐이다. 지방은 본래 태우라고 쌓아 두는 것이므로, 다이어트는 지방의 본질을 존중하고 목적의 실현을 돕는다고 할 여지도 있다. 물건을 버리는 것은 이와 다르다. 여기에는 일방적인 관계 단절이 있을 뿐 물건의 특

철학자

성을 존중한다거나 적절한 사용법을 찾아보려는 관심은 들어 있지 않다. 자신이 물건뿐 아니라 다른 대상에도 이런 패턴을 반복하고 있다면, 과연 간소함으로 삶의 변화를 얻을 수 있을지는 회의적이다.

'우리는 허기진 사람처럼 물건을 사서 공간을 채우므로' 따라서 '뭔가 반대되는 조치가 필요하다'는 고정관념이 생겼다. 진실은, 큰 시간 단위로 보면, 우리가 열심히 버리고 있다는 것이다. 우리는 공간이 좁아서, 또는 새 물건을 들이기 위해, 또는 심리적, 심미적 이유에서 많은 사물들과 작별한다. 일상이 된 이 버리는 삶은 삶의 허망함의 주된 원인으로 느껴질 정도이다. 허망함은 정직한 감정이다. 왜냐하면 우리는 물건과 의미 있는 연관을 만드는 데 실패했고, 물건의 가능성을 완전히 써 버리지도 않은 채 버리고 있음을 잘 알고 있으며, 우리가 인생을 다루는 방식도 크게 다르지 않다는 것을 이미 느끼고 있기 때문이다.

물건을 끝까지 다 사용했을 때 쾌감이 일어난다고 말했던 스토아 철학자들이 있었다. 예컨대 치약이나 장판 테이프를 끝까지 다 쓰면 우리는 실제로 기쁨을 얻는다. 그게 왜 그렇게 되는지는 잘 모르겠다. 그러나 이것이 자연스럽고 긍정적인 감정이라는 건 확실하다. 이천 년 뒤, 삶의 목적은 자신을 생산하는 것이고 인간은 그것을 완전히 소모해야 한다고 말한 키르케고르도 이와 다른 얘기를 한 것은 아니었다. 자신을 소모할 때 인간은 출발점에 서게 되는 거라고 그는 말하기도 했다. 생각해 보면 간소한 삶의 취지까지 부정할 이유는 없다. 다만 인생의 실마리는 물건을 치우는 쪽보다, 사용 방법을 이해하고 끝까지 써 보려고 하는 쪽에 섰을 때 더 찾기 수월해지는 건지 모른다.

철학자

겨울 이야기

미혼모 펠리시는 딸 하나를 키우며 도서관 사서 로이크와 교제하고 있다. 로이크는 착한 남자지만 샤프한 편은 못 된다. 펠리시가 동료 미용사와 바람이 난 것을 전혀 눈치 못 채고 있기 때문이다. 펠리시는 잔인하게도 새 애인 막상스와 합칠 준비가 마쳐졌을 때쯤 로이크에게 결별을 선언한다.

딸을 데리고 막상스의 집 겸 가게에 들어온 펠리시. 별로 기쁘지가 않다. '사모님'이라는 호칭도 어색하고, 어린 딸과 놀아 주는 시간도 눈치가 보이게 만드는 막상스의 돌변한 태도도 짜증스럽다. 펠리시는 막상스에게 결별을 선언한다. 불과 며칠 만에 두 남자의 집에서 걸어 나오는 일이 비상하게 보일지 모르지만, 주인공은 아무렇지도 않은 듯하다. 그도 그럴 것이 펠리시의 영원한 사랑은 딸아이의 아버지, 오 년 전 휴가 때 만난 샤를 하나뿐이기 때문이다. "역에서 헤어질 때 주소를 잘못 주는 바람에" 그를 만날 수 없게 되었지만, "결국 그는 다시 나타날 거야. 아무도 그를 대체할 수 없어." 펠리시는 어느 날 친구를 따라 극장에 간다. 셰익스피어의 「겨울 이야기」. 배우자의 죽음과 부활에 관한 연극이다. 별 사전 지식이 없던 그녀는 죽은 왕비가 살아나는 장면에서 깜짝 놀라 눈물까지 흘린다.

에리크 로메르의 영화 「겨울 이야기」의 질문은 이런 것이다. 우리는 인생을 언제 시작할 수 있는가? 죽음만 우리의 상상 속에서 유예되고 있는 것은 아니다. 진정한 인생을 사는 날도 계속 연기되고 있는데, 내가 준비가 안 되었거나 객관적인 조건이 갖추어지지 않았기 때문이다. 펠리시의 경우, 죽기 전에 샤를과 재회할 수 있을지 없을지 모르지만 아무튼 그날이 올 때까지 자신의 인생은 임시적인 것에 불과하다고 못 박아 놓았다. 그래야 한다고 말한 사람은 아무도— 심지어 샤를조차— 없었는데 말이다.

펠리시는 특별하지 않다. 우리는 이런 모습을 잘 알고 있다. 홍상수 영화의 한 등장인물은 이렇게 말했다. "지금까지 난 대충 산 겁니다!" 자신이 임시적으로 사는지 진짜로 사는지 타인이 알아차릴 수 없다는 문제가 있지만 적어도 본인들은 그걸 구분하면서 산다. 어쩌면 우리가 타인을 공감적으로 이해하기 위한 가장 빠른 길은 그의 진짜 삶과 임시적인 삶, 양보할 수 없는 것과 어찌 되든 상관없어 하는 것을 가려서 살펴 주는 것일지도 모른다.

이론적으로는 그렇다. 그럴 경우 불가피하게 제기되는 책임이라는 문제를 도외시할 수만 있다면 말이다. 내게는 중요한 일인데 이 일에 엮인 상대방은 이게 자신 인생의 본령이 아니라고 여긴다면 어떻게 할 것인가? 그 온도차를 내가 감수하면 되는 걸까? 또는 그의 잘못이나 몰염치로 여러 사람이 실망하게 되었을 때, 그로부터 '네들이 왜 이 문제에 그리 집착하는지 잘 모르겠는데.' 하는 식의 답변을 듣는다면 어떻게 될까? 왜 하필 네 스스로 대수롭지 않게 여기는 곳에서 너는 안락과 이기심을 충족하고 있느냐고 반문해 줘야 할까? 인생을 살고 있지 않은 사람에게 실무적이든 윤리적이든 책임을 기대하기는 어려운 일이다.

다시 「겨울 이야기」로 돌아가자. 펠리시가 그 부활 장면에서 눈물을 흘린 이유는, 자신이 샤를과 영영 만날 수 없다는 것을 충격적으로 깨달았기 때문일 거라고 생각한다. 물론 이건 나의 해석일 뿐 이 영화를 크리스마스 동화로 보고 싶은 사람도 많을 것이다. 왜 우리는 인생을 살지 않는가. 사랑했던 것을 놓으려 하지 않기 때문이다. 이제 그것의

죽음과 부재를 받아들이고 애도를 표하자. 그게 책임을 질
수 있는 인간으로 돌아오는 첫걸음이다. 부활은 아마 그 다
음에야 가능한 것일 게다.

철학자

슈레버 사건

1893년 드레스덴 항소 법원장 다니엘 파울 슈레버(51세)는 정신 요양소에 입원했다. 그가 정신적인 이유로 치료를 받은 것은 이번이 처음이 아니었다. 그는 구 년 전에도 신경쇠약 상태가 되어 수 주간 입원 치료를 받은 적이 있었다. 그때의 발병은 업무가 과중하고 책임이 막중한 자리에 앉게 된 부담감 때문으로 이해되었다. 그런데 이번에는 양상이 조금 달랐다. 그는 자신이 여성으로 변하고 있다고 믿었다.

슈레버의 여성화는 신의 의지에 따른 것으로, 신은 태양빛을 통해(신의 작용은 항상 태양의 중계를 거치게 되어 있다.) 그를 임신시켜 새로운 인류를 탄생시킬 계획이었다. 그는 처음에는 자신의 여성화에 두려움을 느끼고 저항하는 마음이었지만, 결국 신과 얽힌 자신의 숙명을 받아들이게 되었다. 궁극적으로 세계의 구원이 걸린 문제였기 때문이다. 오히려 현안은 그의 고귀한 사명을 질투하고 박해하는 사악한 인간의 무리들(주로 의사)로서, 그가 그들로부터 자신의 존엄성을 지키는 데는 큰 어려움이 따랐다. 그들은 슈레버를 직접 또는 병원 인부들을 시켜 성폭행하려는 음모를 꾸미기도 했다. 가장 중요한 박해자는 닥터 플렉지히인데, 그는 구 년 전 슈레버가 신경쇠약에 걸렸을 때 치료해 준 사람이다. 은인과 같은 존재였으나 이제는 악마로 변해 있었다.

입원은 구 년간 계속되었으나 병세에는 차도가 없었다. 그동안 슈레버는 전혀 손상되지 않은 법률 실력을 발휘, 자신의 퇴원을 금지한 병원 측에 소송을 걸어 승소했다. 이 재판 중에 그는 『어느 신경병 환자의 회상록』(이하 『회상록』)의 대부분을 완성했다. 그는 1902년 퇴원했다. 『회상록』은 검열을 거쳐 몇몇 부분이 삭제되어 1903년 출간되었다. 그는 복직하지 않았고 팔 년 뒤인 1911년 사망했다.

그의 가족들에 대해서도 간단히 언급하기로 한다.

슈레버 사망 뒤 일 년 만에 세상을 뜬 부인은 남편과 열여섯 살 차이의 여성으로, 스무 살 때 슈레버와 결혼했다. 당시로는 아주 큰 나이차는 아니었다. 부부 사이에 자식은 없었다.

슈레버와 관련해 현재 가장 주목받는 사람은 슈레버의

아버지 모리츠 슈레버(1808~1861년)이다. 그는 의사이자 교육학자였으며 아이들의 훈육을 목적으로 고문 기구에 가까운 여러 도구들을 발명, 보급했다. '암흑의 교육학'의 대표자의 한 사람으로 여겨지고 있다.

슈레버에게는 세 살 위 형이 하나 있었다. 그는 1877년 38세에 자살했다.

출판

슈레버는 1903년 『어느 신경병 환자의 회상록』을 출판했다. 여기서 신경병(Nervenkrankheit)은 정신병이라는 말과 같은 의미이며 신경증(neurosis)과는 다르다. 아무튼 『회상록』은 어느 모로 보나 적절한 제목이 아니었다. 그는 자신의 생애에 대해 쓰지도 않았다. 그는 발병 시점에서 시작해 병과 관련된 일만 기록했다. 그리고 이 병은 '과거'에 속하지 않았다. 처음 슈레버 사건을 접하는 독자는 이 책이 지금은 치료된 이가 자신의 과거 정신병을 회상한 것이리라고 무심코 가정했다가 나중에 깜짝 놀라기 마련이다.

슈레버는 자신의 여성화나 태양광에 의한 임신 등 자신의 주장을 철회하지 않았다는 점에서 전혀 치료되지 않았다. 그렇다면 대체 이런 책을 출판하고 자신의 처지를 널리 알려서 세상으로부터 얻을 실익이 무엇인지 의문이 드는 것인데 답은 그가 소송 중이었다는 데서 찾아야 할 것이다.

그는 간절히 병원에서 나오고 싶어 했고, 퇴원을 둘러싼 쟁점에서 자신의 명확한 퇴원 의사보다 중요한 것은 없다는 걸 잘 알고 있었다. 즉 자신이 이제 멀쩡해졌다고 연기해 본들 보탬이 되는 건 없을 것이며 퇴원을 반대하는 의사들이 그에게 불리한 온갖 사실들— 예를 들어 슈레버는 늘 벌거벗은 채로 있고 싶어 했다.— 을 재판정에 일러바치리라는 건 분명했다. 그렇다면 숨길 이유도 없는 것이다. 단, 슈레버는 불가피한 것만 공개한다는 자세로 쓰고 있지는 않다. 그는 마치 방금 신흥 종교에 입교한 사람의 진지함을 가지고 자신의 망상 체계를 상세히 서술한다.

『회상록』에서 슈레버는 자신의 이름과 공적인 직위 외에는 신상이나 가족 관계에 대해 일체 언급하지 않았다. 프로이트는 이런 정보가 없다는 점을 이상하게 여겼고 슈레버의 나이조차 알 수 없어서 유감이라고 불평했다.

프로이트 박사의 조사

프로이트가 사례 연구를 출판한 다섯 명의 환자는 다음과 같다.

도라(1905) — 히스테리

꼬마 한스(1909) — 거세 불안

쥐 인간(1909) — 강박 신경증

슈레버(1911) — 편집증

늑대 인간(1918) — 유아기 신경증

(여기에 어느 여성 동성애자에 대한 짧은 보고(1920)를 포함시켜 '6개의 사례 연구'라고 묶기도 한다. 국내 전집도 그렇게 편집되어 있다.)

유일하게 본명으로 등장하는 슈레버의 위상은 특별하다. 첫째, 우리가 생각하는 '광인'에 해당되는 사람은 여기서 슈레버뿐이다. 본래 이 정도의 증상을 보이는 사람은 정신분석 클리닉을 찾지 않는다. 프로이트가 말했듯, 정신분석은 "일상생활을 영위하는 데는 지장이 없는 사람들이" "자신의 문제를 해결하려는 의지가 있을 때"만 도움이 되는 것이기 때문이다. 슈레버는 둘 다 해당되지 않았고, 그의 망상은 정신분석이 감당할 수 있는 수준을 아득히 초월해 있었다. 둘째, 그는 프로이트가 직접 진찰하지 못한 유일한 사람이다. 이 프로이센인을 프로이트는 만나 본 적도 없다. 셋째, 슈레버『회상록』의 존재는 후세의 사람들이 역으로 프로이트의 판단을 재검토할 수 있는 원자료 노릇을 했다. 즉 여기에서 프로이트에게 유리하거나 매력적인 조건은 하나도 없다.

슈레버의 『회상록』이 출판된 1903년에서 프로이트의 『편집증 환자 슈레버: 자서전적 기록에 의한 정신분석』(이하 『슈레버론』)이 발표된 1911년 사이의 시기는, 프로이트가 주저 『성욕에 관한 세 편의 에세이』(1905)를 발표하고 카를 융을 자신의 후계자로 만들기 위해 전력을 기울이던 때이다. 원래 프로이트가 스위스인 융의 존재에 주목하게 된 계기는 융이 조현병과 같은 어려운 정신병에 정신분석 이론을 적용하려고 시도하고 있었기 때문이다. 그때까지 프로이트가 무리라고 봤던 영역이었다. 이 시기 프로이트는 정신분석을 신경증 이상의 질환에 확대 적용하는 데 자신도 뭔가 이론적 기여를 해야 한다고 느꼈을 법하다.

프로이트는 자신이 비록 슈레버와 대면하지는 못했지만 그것이 연구에 불리한 점이 될 수 없다고 주장한다. 왜냐하면 편집증 환자는 신경증 환자와 달리 거리낌 없이 하고 싶은 말만 하기 때문에, 슈레버의 경우 그의 『회상록』을 잘 읽어 보는 것으로 충분하다는 것이다.

물론 이런 말을 곧이곧대로 믿기는 힘들다. 그 자신은, 평소 환자와 상담할 때든 꿈을 해석할 때든, 환자가 말하고 싶어 하는 것보다는 눈에 안 띄는 세부 사항이나 생략에 주의를 기울여야 한다고 강조하지 않았던가? 프로이트는 그저 이번에는 별도리 없이 안락의자 탐정 역할을 수행할 수밖에 없다는 얘기를 하고 있을 뿐이다.

해명

『슈레버론』은 프로이트의 사례 연구 중 가장 읽기 쉬운 것에 속한다. 슈레버의 망상이 선명하다는 점도 있지만, 슈레버가 밝힌 신상 정보가 너무 적고, 반면 프로이트가 감추거나 모호하게 해야 할 것은 하나도 없기 때문이다. 여기에서는 프로이트야말로 자기가 아는 것을 다 털어놓아야 하는 입장에 있었다. 직업적 제한 때문에 종종 뭔가 중요한 사실을 빠뜨리거나 혼란스럽게 변형한 것 같은 느낌이 드는 그의 다른 사례 연구들과는 다르다.

프로이트의 결론은 슈레버의 억압된 동성애가 편집증의 원인이라는 것이다. 그는 슈레버의 숨은 애정의 대상으로 그를 치료했던 닥터 플렉지히를 지목했다.

슈레버의 『회상록』이 호모에로틱한 분위기로 가득 차있음을 감안하면 프로이트가 동성애를 말한 것은 딱히 놀라운 것은 아니었다. 문제는 『회상록』에서 플렉지히가 시종일관 슈레버의 박해자로 나온다는 것이다. 그런 플렉지히를 슈레버의 사랑의 대상으로 만드는 것은 극히 까다로운 트릭을 필요로 하는 일인데, 프로이트의 천재성은 이를 단 네 개의 문장으로 해냈다는 데 있다.

그(플렉지히)는 나(슈레버)를 증오한다.

프로이트의 억압 공식에 따라, 주어와 목적어는 위치가 바뀌어 있는 것이 보통이므로 이는,

나는 그를 증오한다.

가 된다. 그런데 이는 다음 문장에 대한 방어 작용이다.

그는 나를 사랑한다.

여기에 억압 공식을 다시 적용하면, 우리는 맨 밑바닥에 감춰진 최초의 형태를 얻는다.

나는 그를 사랑한다.

슈레버가 여성으로 변한 것은 플렉지히의 사랑을 얻

기 위함이었다. 지금 이런 추론 과정이 참신하기보다 뭔가 단순하고 익숙하게 느껴진다면 그것은 프로이트가 우리 사고의 일부가 되어 있는 탓도 있다. 우리가 자신의 감정이나 꿈, 소설이나 영화 등을 관조할 때 주어, 목적어, 동사를 바꿔 끼워 보는 것은 기본적인 체크리스트의 하나가 되었기 때문이다.

이는 학설의 타당성 논란과 무관하게 사람들이 아직도 프로이트를 읽는 이유와 연관된다. 『슈레버론』이 좋은 예인데 독자들은 프로이트가 환자의 혼란스러운 진술에서 하나의 명확한 문장을 추출한 뒤 이를 반대 방향으로 변주하는 것을 지켜보게 된다. 이는 진기한 구경거리이기도 하지만 독자의 머리에 모터가 달리는 경험이기도 한 것이다. 「엠마 순스」(1948) 마지막 문단에서 보르헤스는 감정의 진실은 언제나 "상황과 시간과 한두 개의 고유명사가 거짓인" 채로 나타난다고 썼다. 이는 프로이트가 먼저 존재했기 때문에 가능한 문장이었다.

편집증이 자신의 동성애를 억압하는 주체가 사랑의 대상으로부터 박해받는다고 느끼는 망상이라면, 사랑의 대상이자 박해자인 닥터 플렉지히의 의미는 무엇인가? 프로이트는 플렉지히의 의미가 슈레버의 남자 형제일 것이며, 나아가 그 인물은 "(동생이 아닌) 형이었을 것"이라 단정한다.

프로이트는 놀랍게도 아마 그 형은 죽었으리라고 추측했다. 이런 심증을 가지고 그는 『회상록』을 샅샅이 뒤진 끝에 "형에 대한 기억"이라는 지나가는 한 구절을 찾아낸다. 하지만 그게 손위 형제를 뜻한다든지, 그가 고인이라는 점까지 프로이트가 확인할 수 있었던 건 아니었다. 지금 우리는 그의 경이로운 추론이 사실과 일치한다는 것을 안다.

신은 형보다 더 중요하고 강력한 사람, 아버지를 뜻한다. 전능한 그는 슈레버가 여자가 되는 책임을 전가하게 해주는 핑계이기도 하다. 여성으로 변하라는 신의 명령은 어린 시절 아버지로부터 들었던 거세 위협의 반복일 것이다. 실제로 슈레버의 아버지는 아들들이 여성적인 행동을 보일 때마다 그런 위협 — 흔히 체벌을 동반한— 을 하며 사내답게 만들려고 애썼다.

프로이트는 슈레버에게 만일 자식, 특히 아들이 있었다면 충족되지 못한 동성애적 애정을 쏟는 출구가 있었을 것이라고 보았다. 그의 여성화나 임신에 대한 망상은 자신이 여성이었다면 자식을 출산할 수도 있었을 거라는 무의식적인 기대도 반영한 것이었다.

이런 모든 통찰이 감탄스럽기는 하지만 프로이트는 안락의자 탐정 역할에 완전히 만족할 수는 없는 사람이었다. "나는 구체적인 자료를 모두 알고 있어야 분석적 해석이 가능하다고 믿는다." 그는 결국 실험과 데이터를 중시하는 자연과학자로 훈련받았으며, 찾아온 환자의 말투나 옷차림의 구체적 디테일에 관한 그의 예리한 관심은 문학가, 더 나아가 영화 평론가를 떠올리게 하는 점이 있다. 『슈레버론』이 텍스트 분석과 순수한 사변으로 이루어졌다는 약점에도 불구하고 그가 공개한 것은 편집증에 대한 정신분석 이론을 시급히 개척해야 할 필요성 때문이었다.

에필로그

1932년 자크 라캉은 편집증에 관한 그의 박사학위 논문에서 편집증이 동성애의 억압에서 비롯된다는 프로이트의 공식을 거의 그대로 수용했다. 병례로 등장하는 환자 에메가 동성의 여배우에 대한 집착에서 칼을 휘둘렀던 것을 생각하면 변경의 필요는 크지 않았을 것으로 보인다. 라캉은 논문 한 부를 프로이트에게 증정했고, 프로이트는 잘 받았다는 엽서를 보냈다.

1972년 질 들뢰즈와 펠릭스 가타리는 『안티 오이디푸스』에서 프로이트의 슈레버 해석을 비판했다. 요점은 프로이트가 정신질환을 집요하게 가족 구조 안에 가두려 한다는 것이었다. (그들은 그것으로부터의 해방을 주장했다.) 자신이 병원에 갇혀 "위도 없고, 장도 없고, 폐도 없는" 상태에서 살았다는 슈레버의 말은 들뢰즈-가타리의 열광적인 슬로건이 되었다. 슈레버는 체제에서 자유로운 존재, '기관 없는 신체'로서 책 전체에서 추앙되고 있다.

프로이트는 융에게 보낸 편지에서 슈레버를 "놀라운 인간", "정신의학 교수와 정신병원 원장이 되었어야 마땅한 사람"이라고 한 적이 있다. 그 뒤의 전개를 보면 이 역시 딱히 어긋난 판단은 아니었던 것으로 보인다.

4
-
스파이

게오르크의 아들

냉전 시대 가장 유명한 스파이의 하나였던 귄터 기욤은 본래 사진가였다. 좀 더 정확하게는, 패전 후 폐허가 된 베를린에 돌아온 이 전직 나치 당원이 잡은 첫 직업이 사진가였다. 사진가는 곧이어 국정교과서를 발행하는 인민과지식 출판사의 편집자가 되었고, 편집자는 다시 보위부 장교가 되어 서독 침투 요원으로 선발되었다. 1956년 기욤과 아내는 서독으로 이주했고, 다음 해 사회민주당에 가입했다. 당 행사 때 앞에 나와 보도사진가용 그라플렉스 카메라로 솜씨를 뽐내는 기욤의 사진이 남아 있다.

1957년 4월 동독정보부는 암호 방송으로 '게오르크의 득남을 축하한다'라는 전문을 보낸다. 암호명 게오르크는 이미 전년 2월에 생일 축하 전문을 받았던 인물이다. 서독

헌법수호청은 이 전문을 해독한 뒤 보관해 두었다. 1973년 총리실에 동독 에이전트가 있는 것 같다는 의혹이 떠올랐을 때 이 두 날짜는 빌리 브란트의 비서 기욤을 지목하는 결정적인 증거가 되었다.

1974년 체포된 기욤은 십삼 년형, 아내는 팔 년형을 받았다. 혼자 남은 '게오르크의 아들'은 동독 당국이 데려갔다. 기욤은 아들을 '독일민주공화국(동독)이 자랑할 만한 시민으로 키워 줄 것'을 당부했다. 그 말을 어떻게 해석하든, 지난 십칠 년간 집에서 그런 노력이 없었던 것은 분명하다. 동독정보부의 수장이었던 마르쿠스 볼프는 극히 흥미로운 책 『스파이 마스터의 회상』에서 자기가 떠안은 곤란에 대해 이렇게 적고 있다. "이 꼬마 하나를 전담할 부서가 필요하게 되었다. 그는 동독 사회에 적응할 생각이 없었고, 학교도 나오지 않고, 친구도 사귀지 않았다. 여자 친구(기민당 간부의 딸)가 있는 서독으로 돌아가겠다고 고집 부리곤 했다. 점점 가망이 없다고 느낄 즈음…… 사진이 소년의 관심사로 떠올랐다. 우리는 외국의 최신 카메라와 사진 잡지를 조달해 대며 소년의 비위를 맞추려 애썼다."

1981년 기욤 부부는 동독으로 풀려난다. 피에르(아들의 이름이다.)에 따르면 돌아온 부모는 그저 아무 일도 없었다는 듯이 행동하려고 했다. 그러니 아들이 벼르던 질문에 좋은 답이 주어졌을 리 없다. "왜 이런 나라를 위해 스파이 일을 한 거죠?" 아버지는 언젠가 이런 말을 한 것으로 되어 있다. "내 아들이 서방 세계에서 사는 꼴을 보느니 여기 감옥에 가두는 게 낫다!" 한심한 말이지만, 뜯어보면 여기가 감옥 맞다고 실토한 셈이다. 이 년 뒤 기욤 부부는 이혼했다. 아들은 아버지와 연락을 끊어 버렸다.

피에르는 사진 기자가 되었다. 1988년 당국에 출국 신청서를 냈고, 허가가 나자 곧바로 가족을 데리고 서독으로 이주했다. 베를린 장벽이 무너지기 일 년 전이었다. 지금도 그는 신문 편집자로 일한다.

2004년 피에르는 회고록 『낯선 아버지』를 펴냈다. 열일곱 살까지 서독에서 보았던 아버지의 모습도, 이후 동독에서 보았던 아버지의 모습도 무엇 하나 진짜였다고 믿을 수 없게 된 아들이 아버지의 실체를 포착하려 한 허망한 시도이다. 그런데 이 책은 처음부터 끝까지 삼인칭으로, '나는' 대신 '피에르는'으로 쓰여 있다.

감당하기 어려운 일을 겪었을 때 사람들은 자신의 경험을 삼인칭으로 써 보기도 한다. 자신은 분리되어 안전해지고, 위협이나 고통은 삼인칭의 어떤 세계 속에 봉쇄되는 것처럼 보인다. 그것이 책이 되면, 그 거리는 영원한 것이 된다. 피에르는 삼인칭으로 처리된 책을 보며 이제 편안하다고 느꼈을 것이다.

우리는 아버지가 어떤 사람이었든 발굴하고 재창조해야 한다는 생각에 익숙하다. 그러나 왜 꼭 그래야 하는 것일까? 너무 애쓸 필요는 없다. 피에르의 책이 말하는 것도 그런 것이다.

균형 맞추기

은신처에서 발각된 줄리아와 윈스턴이 제복의 사내들에게 두들겨 맞는 동안 집주인 채링턴 씨가 올라온다. 십 초 전만 해도 윈스턴은 채링턴 씨의 운명을 걱정하고 있었다. 그런데 집주인이 달라 보인다. 더 이상 사람 좋은 육십 대 아저씨가 아니라 날카로운 얼굴의 삼십오 세경의 사내가 서 있다. 초라한 골동품점은 덫에 불과했고 채링턴 씨는 보이지 않는 두려운 존재, 사상경찰이었던 것이다. 이 부분은 오웰의 『1984년』에서 가장 잊기 힘든 장면 중 하나이다. 엄습한 이질감이 얼마나 큰지 윈스턴은 채링턴 씨의 키가 커졌다고까지 생각한다.

우리가 상상하는 배신 장면이란 대개 이런 식이다. 돌변, 위장, 놀라움이라는 세 요소가 한 세트로 나온다. 태도의 돌변과 인격을 위장해 왔다는 것은 엄밀히 말해서 같은 것은 아니다. 돌변은 순간적이고 위장은 오랫동안 갈고닦는 것이니 말이다. 하지만 당하는 쪽의 입장에선 대개 한 가지 사건으로 경험된다. 배신감은 강렬할수록 놀라움을 동반하기 마련이지만, 이 놀라움이 역으로 배신의 정의를 흔들기도 하는 것 같다. '예상치 못했다'는 것이 배신의 주요 내용인 것처럼 우리가 착각하게 되는 것이다. 아무 말 없었다면 어처구니없다고 생각할 일인데, 단지 조금 미리 나에게 귀띔해 주었다는 이유만으로 용납 가능한 일처럼 보이게 되는 일이 얼마나 많은지 놀라게 된다. 어째서 그렇게 되는지 이유는 모른다. 아마 우리는 신뢰받는다는 느낌을 좋아하고, 덕분에 놀라지 않게 되었다는 데 안도하고, 그것에 터무니없는 대가를 지불하는 데 익숙해진 듯하다.

우리는 돌변한 태도가 주는 놀라움이 위장된 인격의 본질이나 배신의 실제 내용보다 더 큰 관심사가 되는 시대에 살고 있다. 이는 전적으로 겁에 질린 사람의 태도이다. 그러나 우리를 놀라게 하는 이들이 이 유리한 환경 ─ 놀라게 한 것만 사과하면 되는 ─ 을 잘 이용하는 것 같지도 않다. 채링턴 씨처럼 직업적인 기만가가 아니라면, 자신의 일관성에 대해 일말의 회의도 갖지 않는 게 보통인 듯하기 때문이다. 자신이 타인을 기만했다는 생각은 고사하고 기대나 신뢰를 저버렸다는 생각이 들 수가 없다. 기준이 다른 쪽에 있으니 말이다. 바깥에 드러난 행위의 일관성이 아니라 자신이 생각하는 자아상의 일관성을 유지하는 게 관건인 것이다. 무해한 예를 들자면 이런 것이다. 저녁 모임에 참석한 사람이 다음 날 아침 '나답지 않게 실없는 말을 너무 많이 했다'는 생각에 마음이 무겁다고 하자. 그가 그날 말을 해도 되고 아껴도 되는 여러 선택 앞에서 어떤 방향을 택할지는 짐작이 어렵지 않다.

우리의 언행은 기존의 자신의 언행에 무엇을 추가하거나 취소하려는 의도에서 나온다. 남의 말은 알아듣기 힘든 법인데, 취소라는 차원 때문에 우리의 의사소통은 한층 복잡해진다. 문제는 그가 주관적으로 뭘 취소하는지 타인이 알아차릴 길이 없다는 것이다. '이 사람이 오늘 거드름을 피우는 것은 어제의 경박한 언행을 취소하고 균형을 맞추기 위함이다'라고 생각해 줄 사람은 아무도 없다. 어제는 광대 같더니 오늘은 더 바보 같다고 생각하게 될 뿐이다. 사실 그 이상으로 깊이 헤아려 줄 의무가 타인에게 있을 리 없다.

본인만의 자아상에 매달리는 것을 탓할 수는 없다. 진부한 말이지만 우리는 연약한 존재이고 인격의 균형을 유지하는 건 누가 대신 해 줄 수 없는 일이기 때문이다. 그러나 그런 노력이 타인의 신뢰를 계속 침해하는 방식이라면 자문

스파이

해 봐야 할 것 같다. 자기 이미지라는 것도 결국 타인의 시선을, 관객을 가정하고 형성된 것이 아니었나? 아마 그도 알고 있을 것이다. 그러나 타인이 그가 기대하는 방향으로 그를 바라볼 수 없다는 것은 잘 모르고 있는 것 같다.

파란 셔츠에
빨간 스카프

1970년대 아르헨티나의 한 감방. 두 남자가 갇혀 있다. 발렌틴은 마르크스주의자로, 아마도 도시 게릴라 활동 중에 체포된 듯하다. 몰리나는 의상실에서 일하는 동성애자로, '미성년자를 유혹'한 죄로 들어왔다. 심심한 몰리나는 영화 이야기나 하겠노라고 한다. 하나같이 여주인공이 사랑하는 남자를 위해 대신 죽는 내용이다. 몰리나는 그런 걸 좋아한다. 그를 여러모로 깔보는 발렌틴은 마지못해 들어 주기로 한다. 단 중간에 이야기를 끊고 자기가 한두 마디 논평을 가할 수 있다는 조건이다. 그 논평이란 게 얘기하는 사람의 기분을 딱 잡치게 만드는 그런 유이긴 하지만. 발렌틴이 모르고 있는 것은, 교도소장에게 포섭된 몰리나가 스파이로 여기 들어와 있다는 것이다.

마누엘 푸익의『거미 여인의 키스』는 1976년 스페인에서 출간되었다. 아르헨티나에서 판매 금지가 풀린 것은 민주정이 회복된 1983년이었다. 1983년 작가 자신의 각색으로 연극 무대에 올랐다. 1985년에 영화가 나왔다. 몰리나 역의 윌리엄 허트는 아카데미 남우주연상을 받았다. 1993년에는 뮤지컬화되었다. 한국에 이 소설이 알려진 것은 영화 덕분이다. 극장 개봉은 되지 않았지만 대학가에서 틀곤 하였다. 대학에서 틀기 좋은 영화였다. 황지우와 유하는 시를 한 편씩 남겼다. 1991년에 가람기획, 1995년에 현대미학사에서 번역판이 나왔는데 반응이 신통치는 않았다. 본격적으로 팔리기 시작한 것은 2000년 민음사 세계문학전집에 포함되고부터이다. 여기에는 약간의 시사점이 있다.

출간 당시 이 책이 가졌을 법한 신선함을 지금 상상하기는 좀 어렵다. 이제 영화를 내세우는 소설 작법은 전복적이라기보다는 고전적으로 보인다. 동성애자들은 미해결의 여러 어려움들에도 불구하고 신기한 소품으로 등장하지는 않게 되었다. 위신이 수직으로 추락해 온 마르크스주의에 대해서는 더 말할 것도 없다.

몰리나와 발렌틴의 간격이 얼마나 커 보이든, 그들이 모종의 신뢰 관계를 수립하게 되는 일에 대단한 의미를 부여할 필요는 없다. 그건 불가피한 것으로 교도소장도 예측할 수 있었던 것이기 때문이다. 소장이 예측할 수 없었던 것은, 손에 쥔 정보를 몰리나가 자신에게 전달하지 않는 당돌한 사태였다. 몰리나는 가석방되고, 발렌틴의 부탁대로 그의 동료들을 만나러 간다.

이야기는 바야흐로 폴린 케일을 격분시킨("비밀 접선한다는 인간이, 파란 셔츠에 빨간 스카프를 매고 나가나?") 장면에 이른다. 영화가 그렇지 소설에는 없는 디테일인데, 케일은 여기서 윌리엄 허트의 복장보다도 끊임없이 이야기를 센티멘털하게 만드는 기획 자체를 문제 삼고 있다. 그녀의 요점은 '몰리나가 발렌틴과의 만남으로 자기 자신까지 버리는 경지에 이른다는 구원의 드라마는, 그가 몰두하는 1940년대 로맨스 영화들과 마찬가지로 가짜'라는 것이다.

이런 차가운 판단은 원작의 기조와 부합하는 것이라고 해야 할 것 같다. 소설을 읽으면 몰리나는 끝까지 몰리나였음을 알 수 있다. 발렌틴도 마찬가지다. 어떤 의미냐 하면 둘의 경계가 흐려지고 서로 위치를 바꾸는 전개 속에서도 '여주인공이 되기'와 '훌륭한 대의명분'으로 대표되는 각자의 환상은 양보 없이 유지되기 때문이다. 푸익은 이런 집착을 나쁘게 보지 않으며, 둘의 성장 소설 같았던 이 이야기가 돌연 각각의 환상으로 퇴각하는 결말에 짓궂게 즐거워하는 듯하다.

환상이란 그런 것이다. 자신은 아무것도 놓지 않고, 꼼짝하지 않고 있는데도 상대에게 다가갔다고 믿게 만들어 준다. 여기 두 사람이 있다. 우연히 같은 장소에 있기 때문에 그들은 서로 포획되고, 이용하고, 한 사람이(또는 둘 다) 희생되는 데까지 나아간다. 그때는 믿을 수 없지만, 돌이켜 보면 자신이 변화하지 않아도 한 바퀴 원을 그리고 완료되는 과정이다. 우리 모두가 잘 아는 이야기이다.

가족 대여 서비스

아내는 죽고, 딸은 집을 나갔다. 갑자기 혼자가 된 도쿄의 니시다 씨는 텅 빈 집이 두려워졌다. 어느 날 그는 TV에서 시간제로 가족을 대여한다는 광고를 본다. 업체 이름은 '가족 로맨스'. 요금은 그가 부담 가능한 수준이었다.

첫날 아내 역과 딸 역의 두 여성이 찾아와 두 시간 동안 가족처럼 저녁 식사를 하고 헤어졌다. 만족한 니시다 씨는 단골이 되었다. 이제는 친구같이 된 이들은 가족 연극을 하려고 애쓰기보다는 자기들의 실제 생활 얘기를 주고받는다. 얼마 전 니시다 씨는 가짜 딸의 권유로 용기를 내어 진짜 딸에게 전화를 걸었다.

가족 대여 서비스를 이용하는 고객은 다양하다. 학예회 때 한부모 가정인 것을 노출하고 싶지 않은 학부모. 부모를 안심시키기 위해 남자 친구를 보여 줘야 하는 미혼 여성 등. 취재하러 온《뉴요커》소속 작가 엘리프 바투만이 서비스를 이용해 봤다. 어머니 역의 일본 중년 여성과 시내를 관광하는 것이다. 진짜 어머니와 닮았을 리가 없는 사람과 두 시간 동안 엄마-딸 놀이를 하던 바투만은 어느 순간 이 여성이 "신통한 점쟁이처럼 정확한" 말을 던진다는 기이한 느낌을 받는다. 중간에 그녀가 생활고를 한탄할 때 바투만은 거의 육체적 고통을 느끼기까지 한다. 예상할 수 있듯 바투만은 결말에 '전이'(유아 때 부모와 맺었던 관계를 치료자와 반복하는 것) 개념을 끄집어낸다. 가족 대여 서비스는 실용적인 목적 외에도 부재하거나 만날 수 없게 된 사람을 불러냄으로써 자신의 감정을 해결할 수 있게 도와주는 치료적인 서비스였던 것이다. 바투만은 역으로 심리 치료라는 것 자체가 치료자가 부모 역을 맡는 일종의 가족 대여 서비스가 아닌가 자문해 본다.

'사람들은 가짜를 어디까지 받아들일 수 있는가?'를 묻는 이 기사는 2018년 전미잡지상을 수상했다. 지금 이 기사를 클릭하면 이런 경고가 뜬다. "최근 일본 방송사의 취재 결과 여기 등장한 사례 몇 개가 위조임이 밝혀졌습니다. '가족 로맨스'의 고객 니시다 씨는 실제로는 이 회사 직원이며, 다른 사례에서 자신을 한부모 엄마로 소개한 여성은 회사

사장의 아내였습니다." 이어 바투만과 《뉴요커》의 팩트체크 팀이 함께 속아 넘어간 데 대한 장황한 변명이 이어진다. 이름조차 가짜인 인터뷰 대상자들 앞에서 이들은 속수무책이었던 것 같다. 더구나 외국 아닌가? 결국 이들은 순진한 서방 방문자의 역할, 즉 주민들의 소박한 모습에 감탄하지만 마을 전체가 세트장인 건 눈치채지 못하고 나오는 유서 깊은 바보 역할을 재현한 셈이 됐다.

알다시피 영화 「트루먼 쇼」에는 오직 한 사람을 속이기 위해 존재하는 가짜 마을이 등장한다. 여기에서 끔찍한 것은 마을 사람 누구도 트루먼에게 진실을 알려 주지 않는 점이다. 어찌 이런 잔인한 공모가 가능한가 궁금했는데, 이제 알 것 같다. 이건 리얼리티 쇼가 아니며, 속고 있는 건 트루먼이 아니라 시청자이기 때문이다. 「트루먼 쇼」의 트릭은 이런 것이다. 트루먼이 속고 있는 한 그걸 바라보는 우리는 속지 않는 자 편에 있다고 느낀다. 트루먼이 바보같이 속아 넘어갈수록 시청자는 더욱 이 쇼를 신뢰한다. 부당하게 피해를 입는 자를 봐도 본인은 해당되지 않는다고 느끼면 오히려 체제에 대한 신뢰가 높아지는 것과 비슷하다. 중요한 건 속거나 당하는 자가 있다는 게 아니라 내가 거기에 속하느냐일 뿐이니까.

《뉴요커》의 망신도 여기서 비롯된 것이 아닐까. 취재진은 그들의 믿기 힘든 말들을 모두 믿었다. 가짜 가족이라도 붙들어야 할 처지의 사람들은 대등한 존재가 아니었다. 이해해 줘야 할 대상이었을 따름이다. 내려다볼 대상이 나타나면 우리 마음은 편해진다. 크게 속을 순비는 이런 식으로 마쳐진다.

비밀과
외국어

중고등학교 시절 영어 참고서에는 영어로 일기를 쓰라는 권유가 머리말에 적혀 있곤 했다. '영한 사전보다는 한영 사전과 친해져야' 식의 훈계와 함께 말이다. 영어 일기든 한영 사전이든 기분에 따라 선택하는 무슨 밥집 메뉴인 듯 쓴 것을 보고 있으면 답답한 기분이 들었다. 어려운 처지일수록 한가한 소리를 더 자주 듣게 되는 패턴을 그때도 만난 것이었다. 그런 충고를 기각할 이유야 많았지만 이런 문제도 있었다. 쓰면서도 무슨 말인지 모를 텐데 나중에 알아볼 수 있나? 그건 일기가 아니라 암호잖아?

물론 일기 쓰기와 암호가 서로 낯선 사이는 아니다. 외국어로 쓰는 것은 일기 쓰기의 유구한 전통 가운데 하나이다. 17세기 영국의 새뮤얼 피프스는 비밀 유지를 위해 속기로 일기를 썼지만 본인의 애정사와 관련한 서술에서는 그 정도로는 안심이 안 되었는지 이탈리아어와 프랑스어를 섞어서 썼다. 오십 년 넘게 계속된 윤치호의 영어 일기는 시작이 미국 유학 시절인 것을 보면 남이 못 보게 하는 것이 애초의 동기는 아니었을 것으로 보인다. 하지만 귀국한 뒤에는 영어가 귀찮은 접근을 차단하는 유용한 도구가 되었다. 말년까지 일본어로 일기나 단상을 적곤 했던 김수영의 경우는 보안이 동기는 아니었을 듯하다. 당시에는 일본어 해독자가 많았다. 그가 타계한 직후에는 일본어 유고가 잡지에 번역 없이 게재되기도 했을 정도이니 말이다. 아마 그는 그날 기분에 따라 한국어나 일본어를 선택했던 것 같다.

그러나 일기든 뭐든 정말 보안이 중요하다면 제1 또는 제2 외국어 정도로 안심할 수는 없는 일. 그 바깥의 외국어군에 눈을 돌릴 필요가 있는데, 볼코프가 쓴 『쇼스타코비치 회고록』에 등장하는 이반 솔레르틴스키라는 인물이 좋은 예이다. "그는 위대한 학자로 스무 개 이상의 언어와 수십 개의 방언을 알고 있었다. 그는 감시의 눈이 싫어서 일기를 중세 포르투갈어로 썼다." 젊은 날의 쇼스타코비치에게 큰 영향을 준 이 걸출한 학자는 독소 전쟁 중 사망했다.

정부 문서에 핀란드어가 등장하여 화제가 된 일이 있다. 현실의 핀란드와는 상관이 없고, 특정 폴더 이름으로

'북쪽'이라는 뜻의 핀란드어를 갖다 썼다 한다. 핀란드라는 선택은 오묘한 느낌을 준다. 강대국이 인접국을 양처럼 길들이는 것을 뜻하는 혐오스러운 단어 '핀란드화'도 생각나고, 핀란드인들이 결사적인 저항으로 러시아인들에게 굴욕을 준 '겨울 전쟁'도 떠오른다. 나와 같은 세대에게는 페테르부르크에 있는 '핀란드 역'과 그것을 제목으로 쓴 책까지 떠오르는 것도 어쩔 수 없다. 그런데 문서 작성자가 의도하지 않았을 이런 역사적 정치적 맥락은 논외로 하고, 왜 하필 핀란드어일까 생각하니 애초에 선택의 여지가 많지 않았을 것 같기도 하다. 영어나 제2 외국어들을 일단 제외하고 나면, 유럽 언어로 '북'은 노르웨이어부터 이탈리아어까지 'nord'와 비슷한 꼴을 벗어나기 힘든데 이건 누가 봐도 뜻이 짐작이 되는 것이다. 러시아어로는 'sever'라 많이 다르지만 이건 또 영어로 오해하면 '끊는다, 잘라 버린다'는 뜻이니 취지에 맞지 않는다. 그래서 비유럽 어족인 핀란드어가 자연스레 떠오르게 된 모양이다. 물론 중앙아시아나 아프리카의 언어들도 차례를 기다리고 있을지 모른다.

구글 번역기로 그 핀란드 단어를 찾는 데는 0.1초도 걸리지 않는다. 그걸 다시 한국어로 번역할 때도 0.1초가 걸리지 않는다. 그게 핀란드어인지 몰라도 된다. 의도는 모르지만 결과만 놓고 보면 이걸로 보안을 꾀하기에는 수고가 부

족해 보인다. 외국어가 정보의 방화벽 역할을 하던 시절은
빠르게 사라지는 중이다. 핀란드어 폴더 논란의 진정한 승
자는 구글 번역기인 모양이다.

어떤 배신

조지 블레이크의 기이한 생애를 잘 요약하기는 힘들다. 어머니는 네덜란드인이고 아버지는 이집트 출신의 유대인이었다. 그는 성년이 된 후에야 영국에 처음 가 보았다. 영국 정보부 요원이 되었다. 한국전쟁 초기 서울에서 체포되어 삼 년간 북한군 포로 생활을 했다. 복직한 뒤 소련을 위해 이중간첩 노릇을 하다가 체포되었다. 영국 사법사상 최장기 형을 선고받았다. 복역 중 거짓말처럼 소련으로 탈출했다. 어느 날 소련이라는 나라가 사라진다. 뒷날 그는 인터뷰에서 후회도 없고 죄책감도 없다고 했다. "배신하려면 먼저 거기에 속해야 한다. 나는 속한 적이 없다." 이 유명한 말은 영국의 민족적, 사회적 편협성에 대한 고발로 여겨졌다. 그는 2020년 모스크바에서 타계했다.

블레이크가 소련으로 '편을 바꾼' 시기와 동기는 여전히 추측의 대상이다. 그가 정말 북한 포로 시절에 세뇌가 된 것인지(본인은 부정한다.)의 미스터리는 그 자체로 흥밋거리지만 여기에서는 생략한다. 스파이로서 블레이크의 쇠내 엽적은 동베를린 지하에 미국과 영국이 땅굴을 파서 몰래 설치한 감청 시설을 소련에 알려준 것이다. 덕분에 소련은 이 시설을 계획 단계에서부터 알고 있었지만, 완공 후 일 년 넘게 운용되도록 모른 체하고 있었다. 블레이크의 정체를 보호하기 위한 조치였다고 알려져 있다. (그런 문제에 관한 한 러시아인들에 대한 신뢰가 별로 없던 동독 정보부장 마르쿠스 볼프는 다른 동기를 제시한다. 러시아인들은 첨단 미국 통신 장비를 노획하고 싶었다는 것이다.) 충분히 기다린 러시아인들은 1956년 터널을 '발견'한다. 충격적인 망신을 당한 영미 정보부가 내부의 '두더지(배신자)'를 자력으로 찾는 데 얼마나 걸렸을지는 알 수 없다. 1961년 '두더지'에 대한 정보를 손에 쥔 폴란드 정보 장교가 서방에 망명하면서 블레이크의 운은 끝난다.

블레이크는 외국인으로 영국에 왔고, 정보부와 학계에서 출세길을 달리며 대량의 정보를 소련에 넘긴 케임브리지 5인조 같은 상류 계급 출신도 아니었다. 케임브리지 5인조는 소련에 충성한 배신자라는 점에서는 같았으나, 운이 좋았는지 당국이 죄를 물을 의지가 없었는지, 한 명도 제대로 형을 살지 않았고 세 명은 유유히 소련으로 잘 빠져나갔다. 반면 아무 배경이 없는 블레이크에게 선고된 사십이 년형은 대중에게 어처구니없는 느낌을 주었다. 작가 존 르카레의 말은 어떤 일반적인 정서를 요약한 것이다. "나는 필비(5인조의 한 명)를 아주 싫어하지만 블레이크에게는 동정심을 느낀다. 블레이크 같은 이들은 태어날 때부터 자신들이 봉사하는 사회 계급으로부터 소외되어 있었다."

이런 말이 블레이크에게 큰 위안을 주지는 않았을 것 같다. "아! 그는 비주류 출신이니 이해해 줘."가 당사자에게 좋게 들릴 수 있는 경우를 상상하기는 힘드니까. 그렇지만 블레이크 자신의 말 "속한 적이 없으니 배신이 아니다." 역시 수치스럽게도 그와 정확하게 같은 말이었다. 그건 설명이라기보다는 '양해의 말씀'에 가까웠다. 확신범이라면 딱히 하지 않아도 될 얘기였다.

오늘날 필비나 버제스 같은 5인조의 인물들은 영화나 다큐멘터리의 인기 있는 소재가 되었다. 그 인기는 아버지 세대에 반항하는 록스타에 대한 선호와 비슷한 점이 있다. 이들이 개인으로서 비정치적인 매력을 획득한 것, 블레이크는 그렇지 못한 것, 그 차이는 어디서 온 것일까. 필비와 버제스는 자신을 배신자라고 인정하는 데 어려움을 느끼지도 않았고 정당화하려고 하지도 않았다. 아마 그래서 그들은 좋게든 나쁘게든 개인의 영역으로 진입할 수 있었나 보다. 그러나 자신이 정말 배신자가 아닐까 하는 두려움 때문에 어느 보호막 뒤에 서 있기를 선택한 인생에게는 그런 술구가 허락되지 않는 것 같다.

복망의 리스트

김승옥의 「서울, 1964년 겨울」에는 '라디오의 박사 게임'에
나갈 것에 대비해서 나름의 재치 있는 답을 준비해 놓고 있
는 인물이 나온다. 그러나 그가 마이크 앞에 서게 되었을 때
과연 준비한 답을 말할 수 있을지는 확실치 않다. 두 가지
문제가 있는데, 하나는 기억이 유지되느냐이고 다른 하나는
그 생각이 자기도 혼란에 빠지지 않고 말할 수 있을 만큼 말
이 되는가이다. 이것은 말로 해 보거나 종이에 써 보지 않고
서는 알 수 없다.

케네디 행정부의 국방장관을 역임한 맥나마라는 포드
사 사장 시절 이렇게 말하곤 했다. "생각을 종이에 적어라.
아직 종이에 쓰지 않았다면 너는 그 생각을 하지 않은 것이
다." 명쾌하지만, 이건 종이에 적기 전의 생각이 전혀 그럴

듯한 꼴이 아니라는 뜻일 뿐, 아예 없다는 판정이 아니다. 그 생각—부족하고 막연한 의식의 덩어리—도 존재는 한다. 단지 그 덩어리에 무엇이 들어 있는지 알려면 종이에 써 보는 수고를 할 수밖에 없다.

사업가 워런 버핏의 인생목표 정리법이 꾸준히 얘깃거리가 되고 있다. 먼저 자신의 인생의 목표 25가지를 적는다. 다 쓰고 나면 그중 가장 중요한 다섯 가지를 고른다. 이것이 '목표'이다. 나머지 20개를 따로 옮겨 적는다. 그리고 제목을 이렇게 쓴다. '무슨 일이 있어도 하지 말아야 할 20가지'. 즉 우리에게 남은 시간은 턱없이 짧다는 것이다. 생각했던 것의 5분의 1밖에 안 된다. 실제로 이걸 해 보면 약간 혼란스러운 느낌도 든다. '버려야 할 것' 목록 속에 '해야 할 것'의 전제 조건으로 보이는 것들도 들어 있기 때문이다. 버린다고 생각하니까 갑자기 가치가 커 보이는 것도 어쩔 수 없다. 어디다 제출하는 것도 아니니 수정하면 된다. 버핏 리스트의 좋은 점은 가짓수가 많은 데 있는 듯하다. 25개를 적다 보면 예상 못한 게 나온다.

연초에 '읽고 싶은 책 열 권'의 제목을 종이에 써 본 적이 있다. 점점 책을 안 읽게 된다고 느끼던 와중에, 여러 권을 동시에 병행해서 읽으면 독서 시간을 늘리는 데 효과가 좋다는 말을 어디선가 들었던 것이다. 하루에 각권 오 분씩이라도 쓴다는 마음이면 열 권 스무 권도 같이 읽어 나갈 수 있다고 한다. 아무튼 목표가 좋아 보여 리스트를 적었다. 처음 두세 권은 떠올리는 데 몇 초도 걸리지 않았지만 그다음부터는 조금 시간이 걸렸다. 쓰다 보니 8, 9번부터는 의외의 책들이 나타났다. 의외라는 것은, 열 권이나 적지 않았다면 좀처럼 떠오를 것 같지 않은 책이라는 뜻이다.

살면서 우리는 자신밖에 생각 안 하는 것 같지만 정작 자신에 대해 명료한 생각— 맥나마라식의 생각— 을 할 필요를 느끼는 경우는 드물다. 아마 누구도 요구하지 않기 때문일 것이다. 어떤 발견을 위해 내가 원하는 것들을 종이에 써 볼 수도 있을 것 같다. 보통 때는 잘 안 떠오르는, 예컨대 수줍은 나머지 여러 항목 속에 섞여서가 아니면 결코 혼자서는 모습을 드러내지 않는 욕망도 있는 것이다. 이런 것들을 알아보고 이름을 불러 주는 것은 정신 건강에도 유익할 것이라 생각된다. 위의 리스트들은 그런 것이다.

나는 바르트의 다음과 같은 말이 늘 재밌었다. "상실 뒤에 이대로는 안 되겠다고 느끼고 뭐라도 해야겠다고 생각했을 때 떠올린 것, 그것이 바로 우리가 욕망이라고 부르는 것이다." 즉 욕망은 매우 수줍지만 교활하기도 하다. 스파이나 마피아 두목처럼 감시가 소홀한 틈을 정확히 이용할 줄 안다. 리스트를 적다 보면 그런 욕망도 튀어나와 우리를 놀라게 할지 모른다. 그러나 그 놀라움도, 리스트가 불가피하게 상기시키는 것, 즉 삶이 유한하다는 사실보다 두렵지는 않은 것 같다.

아홉 개의
빈방

'사람은 평생 자기 뇌의 일부만 사용한다'는 것은 백 년간 유행한 유사과학 이론이다. 이에 따르면 보통 사람은 뇌의 10퍼센트를 사용할까 말까 한데 아인슈타인은 30퍼센트나 사용했다고 한다. 어떤 버전에서는 아인슈타인이 직접 그렇게 밝히기도 한다. 한때 학교에서도 들을 수 있던 믿거나 말거나 식의 이야기가 자취를 감추게 된 건 다행한 일이다. 과학자들에 의하면 우리 뇌는 10퍼센트만 사용되기는커녕 거의 언제나 100퍼센트 가동 중이다. 더구나 뇌는 막대한 유지비가 드는 비싼 기관이므로 90퍼센트를 사용 안 하고 놀려 둔다는 것은 진화론적인 관점에서도 있을 수 없는 일이다.

뇌를 10퍼센트만 사용한다는 신화는 노력을 독려하는

자기계발 담론에 단골로 등장했다. 그런데 이 이야기의 진짜 매력은 사람들에게 자신이 방 열 개짜리 커다란 집에서 사는 것 같은 느낌을 준 데 있었던 것이 아닌가 하는 생각이 든다. 비록 주인공은 지금 쓰는 방 외에 빈방 아홉 개가 더 있는 것도, 그게 모두 자기 것이라는 것도 모르고 있다는 것이지만 말이다. 전부터 나는 이 이야기를 들으면 분발하려는 생각보다는 모종의 느긋함에 잠기게 되곤 했다. 사람을 닦달하는 자기계발서의 역설 중의 하나는 항상 이런 식의 예기치 못한 태만함의 공간을 준다는 것이다. 물론 과학자들에 따르면 그 방들이 자리만 차지하고 있다는 건 착각이고, 당신이 알든 몰랐든 방들은 필수적인 기능을 수행해 온 것이다. 여기에서 기묘한 점은, 10퍼센트 신화가 과학적으로 반박된 뒤에도 그 느긋한 느낌이 취소되지 않는다는 것이다. 오히려 배가된다고나 할까. 그 방들이 과학적으로도 내 방이었고 나 모르게 나를 위해 여러 일들을 해 주고 있었음을 확인하는 것에는 약간 감동적인 면이 있다.

　뇌의 90퍼센트가 놀고 있다고 믿더라도 머리를 가볍게 하겠다고 90퍼센트를 잘라 낼 생각을 한 사람은 없었을 것이다. 그러나 뇌를 보조하는 기억장치의 하나인 책이 문제가 되면 우리는 꽤 가차 없어진다. 사실 보조 기억장치 취급을 하는지도 잘 모르겠다. 집에 새로 들어온 책은 어딘가

안 보이는 데 꽂히기 전까지는 제자리를 찾는 데 실패한 가구처럼 여기저기를 떠돈다. 이미 이때부터 책은 집 밖으로 치우는 게 바람직한 어수선한 사물로 여겨진다. 책에 불리할 언급 하나를 추가하면, 뇌의 90퍼센트가 놀고 있다는 것은 거짓이지만 집의 책 90퍼센트가 놀고 있다는 것은 매우 높은 확률로 진실이라는 것이다. 사용하지 않는 것들을 과감히 버리고 단순한 삶을 지향하자는 트렌드가 대세라는데, 여기에는 어떤 친숙한 죄책감을 파고드는 게 있다. 이때 책보다 과감하게 처리할 수 있어 보이는 것도 많지 않을 듯하다.

언제부터인지 우리는 '자리만 차지하는 모든 것들'에 대한 보편적인 적대감에 매우 익숙해졌다. 정치에서든 생활에서든 말이다. 말년에 보르헤스는 시력을 완전히 잃은 뒤에도 계속 책을 사들였다. 읽을 수는 없어도 그게 집안 어느 구석에 존재한다는 것만으로도 행복감을 느낀다고 했다. 보르헤스는 '현실'에 관한 이야기를 하고 있다. 그러나 그렇게 보이지 않아도 어쩔 수 없는데, 이런 이야기는 체험되기 전에는 이해될 수 없기 때문이다.

학생 시절 집안 사정 때문에 집의 책 대부분을 버린 적이 있었다. 좋지 않은 경험이었는데 해방감도 없진 않았다. 아직도 나는 그 책들을 헌책방이나 뜬금없는 장소, 예컨대

구두 수선집에서 발견하며 깜짝 놀라는 꿈을 꾸곤 한다. 그
책들이 이런 방식으로라도 계속 곁을 맴돈다는 생각도 든
다. 그러나 부재를 슬퍼하는 것보다는 옆에서 행복감을 얻
는 편이 훨씬 나은 법이다.

현실감

어렸을 때 유일한 오락거리는 TV였다. 내가 원하는 것을 보는 데 별 제한이 있지는 않았는데, 예외가 있었다. 일요일 저녁 권투 중계는 아버지가 반드시 봐야 하는 것으로, 절대 양보해 주지 않았다. 이상한 것은, 나로서는 지루할 뿐이었던 권투 중계를 아버지 옆에 앉아서 매주 꾸역꾸역 봤다는 사실이다. 아마 TV를 안 보는 것보다는 낫다고 생각했던 모양이다.

아버지는 담배 연기를 내뿜으며 가끔씩 +1, −1 등을 종이에 쓰고는, 한 라운드가 끝날 때마다 양쪽의 점수를 기록하는 것이었다. 시합이 KO로 끝나지 않으면 점수를 합산해서 판정 결과를 기다렸다. 적중률은 그저 그랬다. 거의 모든 라운드에서 아버지가 우세하다고 적어 놓은 선수가 판정

스파이

패하는 경우도 없지 않았다. 아버지가 전문가가 아닌 건 명백했다. 걸핏하면 판정에 분노하는 관중들도 마찬가지였다. 그러나 마지막에야 채점 결과를 공개하는 이 스포츠는 확실히 승복을 좀 많이 요구하는 편이었다.

모든 대결의 원형인 권투가 선명함을 포기한 것은 아이러니다. 권투의 역사는 수천 년을 헤아리지만, 3분이라는 라운드 시간과 15라는 라운드 횟수가 정해진 지는 150년쯤밖에 되지 않는다. 그때부터 한쪽이 쓰러지거나 항복하기 전에 경기가 끝날 수 있게 되었다. 이런 변화를 추진하는 데 어려움이 많았으리라는 건 짐작이 되는 일이다. 모든 스포츠가 그렇듯 권투 역시 현실 세계에서 존재하기 힘든 선명함을 대리 충족해 주는 역할이 기대되었을 테니 말이다. 하지만 권투는 끝장 승부 대신 점수를 기록하는 쪽으로, 즉 선수의 목숨을 보호하는 쪽으로 방향을 틀었다. 거기에 잘못된 것은 별로 없다. 권투 얘기는 이 정도로 마치자.

결과 예측에는 신통치 않았던 아버지의 점수 기록은 이렇게 이해가 된다. 첫째는 점수든 횟수든 뭔가를 세면서 보는 건 몰입도를 높이는 좋은 관전법이라는 것. 사실 스포츠뿐 아니라 영화나 음악을 접할 때도 그렇다. 변주곡을 가장 잘 듣는 방법은 변주의 숫자를 세면서 듣는 것이다. 둘째는 아! 맞았네 때렸네 하면서 흥분 자극에 몰두하기보다는, 이를 감점과 가점으로 재빨리 환원하는 조작이 감정의 평온을 유지하는 연습이 된다는 것. 셋째는 자신의 점수를 전문가의 판정과 맞춰 봄으로써 주관성을 깨닫고 현실감을 재조정할 수 있다는 것. 의식했든 안 했든 매주 권투 중계를 보는 건 아버지로서는 규칙적으로 정신의 비타민을 복용하는 일과 비슷했을 것이다.

살아갈수록 현실감은 어떤 충격적인 깨달음의 결과라기보다는 하나하나 노력해서 얻고 유지하는 것에 가깝다고 느끼게 된다. 나는 아버지가 링 위에 다운되는 선수를 보면서 현실감을 충전한 순간이 있었을 거라고 생각하지 않는다. 쓰러진 선수도 마찬가지다. 모든 사람이 보는 앞에서 쓰러진다는 것은 그런 것이다. 그건 승리 못지않게 비현실적인 경험이며, 엄청난 치욕이지만 세상 이목의 중심이 되는 순간이기도 한 것이다. 그 순간은 현실감이 돌아오는 최적의 여건은 못 된다.

회사 일로 카프카의 「변신」을 다시 읽은 적이 있다. 알다시피 주인공 그레고어는 아침에 커다란 벌레로 변해서 깨어난다. 좀 어려운 상황이지만 그는 출근하려고 애쓴다. 지각할까 봐 걱정인 그는 진짜 문제가 뭔지 모르는 듯 보인다. 세수하는 것도 옷을 입는 것도 불가능한데 말이다. 읽으면서 나는 옛날과는 달리 '제발 현실에 눈을 뜨셔!'라고 마음속으로 외치지 않았다. 주인공이 불쌍하거나 어리석게 보이지도 않았다. 그저 그가 할 수밖에 없는 일을 한다는 느낌이었다.

그는 살려고 하기 때문에, 일단 익숙한 것에 집중하려고 최선을 다한다. 나는 이런 노력이 그리 높이 평가받지 못하리라는 걸 안다. 우리는 주인공이 진실과 직면하는 순간을 좋아하며, 그때 거짓 현실은 「매트릭스」나 「트루먼 쇼」처럼 한순간에 와르르 무너질 거라는 드라마틱한 기대에 너무 익숙해졌다. 그런 붕괴의 장면은 귀찮은 산문적 현실감의 종말을 의미하기도 할 것이다. 아마 그렇겠지만, 다음 라운드에서도 현실감을 한 점 한 점 따내야 하는 과정은 다시 시작되고, 그 일에 딱히 아무도 면제되지 못하리라는 것 역시 진실이긴 하다.

『팅커, 테일러, 솔저, 스파이』에 대한
회상

1990년 10월 휴학 중이던 나는 청계천의 어느 헌책방에서 존 르카레의 『팅커, 테일러, 솔저, 스파이』(이하 『팅커』)의 영국 페이퍼백을 발견했다. 책은 초판 발행 일 년 뒤에 나온 1975년 영국 팬북스 페이퍼백으로 상태는 양호한 편이었다. 아마존도 인터넷도 없던 시절 헌책방에서 마주친 외서란 앞으로 평생 다시 못 볼 확률이 높은 어떤 것을 의미했다. 나는 책값으로 천 원을 지불하고 나왔다.

내 영어 실력은 형편없다. 그리고 『팅커』에 구사된 영어는 어려운 것으로 알려져 있다. 나는 그 책을 끝까지 읽기는 했다. 결말이 어떻게 되었다는 것 외에는 거의 이해하지 못했다는 생각이 들었지만 큰 문제라고 여기지 않았다. 또 읽으면 될 일이니까. 나는 인물들의 대사를 작은따옴표로 표시하는 영국식 규칙에 지금도 익숙하지가 않아서, 영국 책을 보면 모든 등장인물들이 속삭이며 말하는 것 같은 느낌을 받고는 한다. 그 때문에 내가 읽은 『팅커』는 작가가 의도했던 것보다 훨씬 가라앉은 톤의, 공모의 분위기가 짙은 것이 되었을지도 모르겠다.

출판계에 들어온 뒤 이 책의 국내 초역본을 내는 공상을 자주 했다. 그런데 어떻게 실현해야 좋을지는 몰랐다. 기획자에게는 상업적인 감각과 의사소통 능력이 요구되는데, 나는 양쪽 모두 한참 부족한 편이었다. 2000년쯤 이런 일이 있었다. 업계 소식지에서 편집자들에게 향후 하면 좋을 것 같은 기획에 대한 설문을 돌렸다. 이런 설문은 서로의 일을 도와주는 차원에서 바로 떠오르는 것을 적어서 보내 주면 되는 것이다. 나는 '에이미스의 『럭키 짐』과 르카레의 『팅커』 등등이 포함된 현대 영국 소설 총서'라고 써냈다. 이 책 다른 글에서도 쓴(「환상을 팝니다」) '편승 전략'을 무의식적으로 시도한 것이다. 이 설문은 다른 편집자들의 것과 함께 업계 소식지에 실렸지만 어떤 결과도 낳지 않았다. 편승이란 이미 잘되고 있는 것 위에 슬쩍 올라타는 일인데, 『팅커』를 단독 출간하는 것보다도 현대 영국 소설 총서를 내는 게 더 어려워 보이니 편승이 될 수가 없다. 나는 이 책의 출간이 나중에 독립 출판사를 차렸을 때만 가능할지 모르겠다고 생각했다. 물론 그사이 다른 곳에서 출간해 주는 일이 없다면 말이다.

2004년 에이전시로부터 연락이 왔다. 르카레 저작권사에서 한국 출판사를 찾고 있는데, 조건은 전작 열여덟 권(당시)을 모두 계약하는 것이라고 했다. 나는 대표와 상의했다. 내가 르카레라는 작가에 대해 뭐라고 설명했는지는 기억나지 않지만 그건 별로 중요하지 않다. 놀랍게도 대표는 처음부터 호의적이었다. 르카레가 열여덟 권의 작가라는 것, 현역이라는 것, 거의 국내 미출간이라는 것, 이쪽에서 요청하기도 전에 그쪽에서 한 출판사에 몰아줄 방침이라는 것 등등이 대표의 마음에 들었다. 그런 작가는 찾기 힘들다. 에이전시와 계약에 합의가 되어 계약할 책의 순서를 정해야 했다. 좀처럼 드러내지 않던 단호함을 보이며 나는 세상없어도 두 권을 제일 먼저 계약해야 한다고 했다. 그게 뭐였는지는 말할 필요도 없을 것이다. 『추운 나라에서 돌아온 스파이』와 『팅커』는 2005년 출간되었다. 『추운 나라에서 돌아온 스파이』는 정식 계약본으로는 최초이고, 『팅커』는 국내 초역이다.

이제 소망이 이루어졌나? 업계인들이 알다시피 어떤 책이 출간되고 모두가 행복해지는 얘기 같은 건 없다. 진짜 민망함은 이제부터인데 『팅커』가 너무 안 팔린 것이다. 어떤 기자가 내게 전화했던 것을 기억한다. 원저가 당시 삼십 년 전에 나온 오래된 책임에도 불구하고 소개해 보려고 했으나 읽어 보니 너무 어려웠다는 것이다. '뭐라고 소개해야 좋을지 몰랐다'는 뜻이다. 초쇄가 소진되는 데는 육 년이 걸렸다. 회사에 미안했다. 판매가 이 정도라면 저작권 계약 연장을 하지 않는 게 정상이다. 다른 일이 없었다면 책은 절판되었을 것이다.

2011년 9월 게리 올드먼과 콜린 퍼스 등이 주연한 동명의 영화가 영국에서 개봉했다. 『팅커』라는 책의 운명은 다시 예정된 궤도를 벗어난다. 연말부터 반응이 달라지더니 2012년 2월 국내 개봉 후에는 외국 소설 베스트셀러 순위에 등장하게 되었다. 물론 사람들이 생각하는 그런 베스트셀러는 아니었다. 그해에 5000부 정도 팔린 것이다. 일반인들은 별 느낌이 없을 텐데 그게 외국 소설로서는 아주 높은 성적이다. 더구나 칠 년 전에 나온 책인데 말이다. 영화의 국내 흥행도 나쁘지 않았다. 전에도 르카레 원작의 영화가 들어왔지만 그런 반응을 얻은 적은 없었기 때문에 이유가 궁금해지게 된다. 잘은 모르겠으나 아마 출연진 때문이 아닐까 한다. 몬티 파이선식의 개그로 표현하면, 잘생긴 영국 남자 배우가 두 명, 앗 아니 세 명, 앗 아니 네 명, 앗 아니 다섯 명…… 출연해 준 덕이다. 내가 읽을 때는 대수롭지 않게 여겼던 호모에로틱한 요소가 그렇게 강렬한 반응을 일으키고 새로운 르카레 독자 유입의 한 축을 담당하게 될 줄은 상상 못했다. 그것을 보면 역시 내가 물정을 모르기도 하지만 책이란 게 어떻게 팔릴지 알 수 있는 사람은 없다는 생각이 든다.

『팅커』의 저작권 계약이 우연히 칠 년이어서 생긴 행운도 언급해야 한다. 칠 년 계약의 마지막 해인 2011년에 영화가 나왔기 때문에 계약이 연장된 것이다. 통상적인 오 년이었다면 2009년 책은 조용히 절판되고 나중에 영화가 들어왔을 때는 서점에 책이 없었을 가능성이 많다. 재빨리 움직인 다른 출판사가 있었을지는 알 수 없지만 말이다.

"무언가를 소망하기를 멈추는 순간 당신은 그것을 갖게 된다." 앤디 워홀의 말이다. 이 말은 점쟁이의 말과 비슷해서 누구나 자기 삶에서 적합한 예를 두어 개는 떠올릴 수 있다. 발견과 출간과 판매가 모두 의지나 소망과는 무관하게 이루어진 『팅커』도 그런 것일지 모른다. 어떤 때는 '소망이 멈추는' 순간까지 참을성 있게 기다리지도 않고 우연이 찾아왔다는 느낌도 들지만 말이다.

어쨌든 우연은 꼭 필요한 것이다. 헌책방에서 『팅커』를 발견했을 때의 계시 같은 느낌은 그게 우연이라는 걸 알기 때문에 발생한다. 책 장사는 결국 허영과 욕망을 파는 것인데, 우연이라는 요소가 한 축이 되지 않으면 욕망은 성립하지 않고 무너진다. 자신에게 중요한 책 몇 권과의 만남을 회고해 보는 사람은 그 책들이 실로 우연히, 난데없이 등장할 수밖에 없다는 것을 깨닫게 된다.

『실버뷰』

영국 정보부 내에서 가장 유능한 아랍 분석관으로 평가받는
데버라는 애국심이 투철하다. 노령에 암까지 걸렸지만 그녀
는 죽는 날까지 국가에 대한 봉사를 그만둘 생각이 없다. 그
런 그녀가 갑자기 본부에 위험 신호를 보내온다. 손으로 쓴
편지를 사람을 통해 전달한다는 원시적인 방법으로. 그녀는
자신의 보안에 결정적인 하자가 발생했으니, 자택과 연결
된 비밀 통신선을 즉각 끊어 줄 것을 요청한다. 본부는 뒤숭
숭해진다. 데버라의 담당 영역인 중동도 문제지만, 그녀의
자택은 미국-영국의 공동 전략핵기지 바로 근처이기 때문
이다.

　같은 시각, 런던에서 큰돈을 만지던 생활을 청산하고
연고도 없는 동부의 작은 마을에 내려와 서점을 차린 줄리

언 앞에 이국적인 악센트를 쓰는 초로의 손님이 나타난다. "나는 자네 아버지를 잘 아네." 아버지는 가족 전체의 인생을 꼬이게 만든 망나니였으므로 줄리언은 이 말에 경계심부터 품어야 옳았다. 그러나 그는 아버지의 친구라는 에드워드가 풍기는 지성과 인품에 점점 호감을 품게 된다. 급기야 줄리언은 에드워드가 제안한, 서점의 한 공간에 희귀본 전시장을 만드는 일에 동의하게 된다. "자네가 이메일 주소를 만들면, 각국의 희귀본 딜러들을 찾아서 연락하는 건 내가 맡도록 하지."

별 관련이 없어 보이는 두 이야기는 빠르게 하나로 합쳐진다. 줄리언의 서점은 데버라 동네에 있고, 에드워드는 사실 데버라의 남편이기 때문이다. 그리고 소설은 데버라 사건을 조사하는 본부 요원이 처음부터 에드워드를 표적으로 삼는 것을 별로 감추지도 않는다. 폴란드 출신의 영국 정보부 요원이었다가, 지금은 어느 쪽에 충성하는지 확실치 않은 에드워드 말이다.

자신의 특별한 체험을 문학화하기도 전에 자랑부터 하는 작가들도 드물지 않지만 영국 스파이 소설의 거장 존 르카레의 경우는 그 반대쪽에 속하는 편이었다. 세 번째 소설 『추운 나라에서 돌아온 스파이』의 국제적 대성공으로, 직장에 사표를 내고 전업 작가가 되었을 때에도 공개된 그의 경력은 '이튼과 옥스퍼드에서 독일어를 가르쳤고 외무부에서 근무했다'는 정도가 다였다. 그가 실제로 정보기관 요원이었다는 끈질긴 소문에 사실이라고 확인해 준 것은 그로부터 이십 년 뒤의 일이다. 르카레 소설의 리얼리티가 정보부 근무 경험에서 비롯된다고 흔히 말하지만, 작가 본인은 그걸 내세울 만한 일로 여기지 않았다는 것은 강조되어야 한다. 중요한 건 묘사되는 감정의 진실성이지, 조직 배치도나 용어의 사실 부합 여부가 아니기 때문이다. 르카레는 진짜보다도 더 그럴듯한 스파이 용어들을 창조해 냄으로써 이미 자신의 작가로서의 능력이 경력상의 이점을 초과함을 증명해 보였다. 그 용어들은 뒷날 실제 정보 세계에서 사용하는 말이 되었다. 결국 스파이 소설가가 되기 위해 정보부에 근무할 필요는 없다. 그건 이 장르의 역사가 보여 준다. 현대 스파이 소설의 아버지 에릭 앰블러도, 르카레의 동년배 라이벌 렌 데이턴도 상상으로 스파이 업무를 그렸을 뿐이다. 오히려 정보장교로 근무한 경력이 있는 이언 플레밍은 007 시리즈라는, 리얼리티에 치중했다고 볼 수 없는 소설들을 써내고 있었다.

『실버뷰』는 르카레 사후에 미완성 원고로 발견되었다. 2021년 역시 작가인 아들 닉의 손질을 거쳐 출간되었다. 닉에 따르면 『실버뷰』는 쓰다가 만 소설이 아니다. 원고는 완성되어 있었다. 단지 르카레가 육 년 가까이 이 원고를 계속 수정하면서도 발표할 결심을 하지 못한 것뿐이다. 닉은 아버지의 원고에 창작자로 참여하기보다는 편집자적인 손질을 가한 것뿐이라고 말한다. 이것은 어느 의미로 볼라뇨 사후 발견되는 미완성 작품들과도 비슷하다. 겉으로는 이미 완성되어 있고 정서까지 끝나 있지만, 좀 더 확장과 심화 작업이 있기를 기대하며 작가가 서랍 속에 넣어 놓은 작품 말이다.

실버뷰는 데버라와 에드워드 부부가 살고 있는 저택 이름으로, 독일어 '질버블리크'를 직역해서 에드워드가 붙인 것이다. 질버블리크는 니체가 미쳐 버린 뒤 여동생의 간호를 받으며 살던 집이다. 이곳에서 인종주의자인 엘리자베트는 오빠의 사상을 난도질하며 뒷날 민족사회주의자들이 받아들일 수 있는 형태로 왜곡시켰다. 에드워드/르카레의 경고는 이런 것이다. 영국인들은 나치와 싸웠지만, 이들도 자신들만의 과거에 집착해 섬 바깥으로 나오기를 거부하는 한 나치와 비슷하게 되는 것은 시간문제라는 것이다. 데버라는 총명한 학자지만, 자신의 애국심이 자신의 부족에 대한 일체감에 기초하고 있음을 고백한다. 이는 불길한 징조이다.

『워더링 하이츠(Wuthering Heights)』, 『하워즈 엔드(Howards End)』 등 집 이름을 제목으로 택한 영국 소설들이 그렇듯 『실버뷰』 역시 '누가 영국을 상속할 것인가?'라는 문제를 다룬다. 끝에 실버뷰를 물려받게 될 젊은이들은 앞 세대들보다 훨씬 솔직하고 관용적이며 다문화적이다. 여기에서 우리는 르카레의 기획이 그 이상 뚜렷하게 드러나기도 힘들겠다고 느끼게 되는 지점에 도달한다. 이 젊은이들의 영혼이 데버라와 에드워드 중 어느 쪽을 더 닮았는지, 작가는 오해의 여지가 없게 표시해 두었다.

번역자는 이미 여러 편의 르카레 소설을 완역한 공로가 있는 베테랑이다. 그런데 역자 소개를 책날개에서도 판권면에서도 찾을 수 없는 것은 좀 이상하다. 사건보다는 분위기 묘사에 치중하는 르카레의 문장은 번역이 까다로운데, 속도감과 이해의 용이함을 우선한 번역 전략에 딱히 반대하기는 어렵다. 그러나 아쉬운 부분도 없지 않다. 줄리언이 처음 등장할 때 '삼십삼 세'라고 원문에 명시된 나이(여기에는 생각보다 중요한 뜻이 있을지도 모른다.)가 번역문에 누락된 것이나, 그가 서점을 연 지 '육 개월'이 되었다고 되어 있는 것 등이 그렇다. (이 마을에 온 지 두 달밖에 안 된 사람이 서점을 육 개월째 경영할 수는 없는 것이다. 원문은 'six weeks'이다.)

읽다 보면 『실버뷰』가 어떤 의미에서 미완성인지 알아차리기는 어렵지 않다. 줄리언은 에드워드가 하는 말이면 뭐든 덮어놓고 받아들이는 듯한데, 미시킨을 방불케 하는 이 순수함은 대체 어디서 왔는가? 갑자기 사제직을 내던지고 가족을 버렸다고 소개되는 줄리언의 아버지는 그 뒤 어떤 인생을 살았는가? 우리는 잘 모른다. 그리고 에드워드 역시 없는 편이 나은 아버지를 두었다고 소개될 때, 독자는 이 우연의 일치에서 더 많은 이야기가 나와야 마땅하다는 느낌을 받는다. 그러나 소설은 침묵한다.

르카레 소설의 독자들은 '나는 네 아버지를 알고 있다'라는 말의 불길한 의미에 익숙하다. 실제로 로널드 콘월(르카레의 본명인 데이비드 콘월의 아버지)은 사기 사건으로 체포되어 수감되었고, 가족들을 수치와 경제적 곤란에 빠뜨렸다. 르카레가 영국 지배계급의 둥지인 이튼 기숙학교에 있을 때였다. 그런 조마조마한 시간을 보낸 르카레가 지배계급의 말석에 앉는 게 허락되었을 때 정체를 숨기는 직업, 스파이를 택한 것은 불가피한 선택처럼 보인다. 출감 후에도 온갖 사치를 일삼고 엉터리 사업계획을 들고 다니며 둔한 사람들의 돈을 뜯고 다니던 아버지의 활동 내역 중에는 세계적인 작가인 아들 존 르카레를 사칭하는 것도 들어 있었다. 르카레는 《뉴욕 타임스》와의 인터뷰에서 말한 적이 있다. "내가 자주 느끼는 감정이 있습니다. 아마 많은 아버지들이 같은 감정을 느끼는 것 같아요. 우리가 우리의 아버지에게서 물려받은 것을 자식에게 물려주지 않으려고 존재하는 것 같다는 감정."

　어쩌면 『실버뷰』는 르카레를 평생 괴롭힌 '아버지 문제'를 최종적으로 청산하기 위한 시도였고, 그는 이를 대작으로 완성시킬 영감이 찾아올 날을 조용히 기다렸던 건지 모르겠다. 그러나 그날은 오지 않았고, 『실버뷰』 곳곳에 뿌려 놓은 그의 아버지의 형상을 수습하는 일은 작가 르카레를 사랑하고 자랑스러워하는 그의 아들의 손에 맡겨졌다.

잠깐 쉬는 바람에

각국의 영문학자들이 주인공인 데이비드 로지의 소설『교수들』(1984)에는 셰익스피어의 첫 일본어 번역의 희한한 제목들을 부끄러워하는 일본인 번역가가 나온다. 그러나『로미오와 줄리엣』이『정욕, 덧없는 세상의 꿈(春情浮世の夢)』이된 것을 영국인이 우스워하지 않고 오히려 감탄하자, 신이난 일본인은 기억나는 것을 더 읊어 준다.『줄리어스 시저』는『시저의 기이한 이야기, 예리한 자유의 검(該撒談奇自由太刀餘波鋭鋒)』,『베니스의 상인』은『서양의 신기한 이야기, 인육인질 재판(西洋珍説人肉質入裁判)』등등. 코믹하지만 참 복잡한 생각이 들게 하는 장면인데 그 일본인의 불안감이 너무나 이해 가능한 것이기 때문이다.

유명한 고전의 상당수가 제목부터 번역이 잘못되었다

는 식의 이야기를 우리는 주기적으로 접하게 된다. 존 르카레의 『추운 나라에서 돌아온 스파이(The Spy Who Came in from the Cold)』도 그런 지목의 대상이 되었는데, 제목을 '현업에 복귀한 스파이'로 해야 옳다는 주장이 있다. 아직 이에 대한 찬반 논의를 보지 못했으므로 한번 다루어도 나쁘지 않을 것 같다. 2023년은 마침 이 소설이 출간된 지 육십 년이 되는 해이다.

　『추운 나라에서 돌아온 스파이』(이하 『추운 나라』)라는 소설이 걸어온 길은 잘 알려져 있는 편이다. 위대함은 보통 자기가 깨닫지 못할 때 달성되는 듯하다. 경력 삼 년차 스파이 소설가에게 『추운 나라』는 드디어 팔리는 책, 직장에서 해방시켜 준 기특한 책이었다고 뒷날 르카레는 회고한 적이 있다. 그 이상의 의미 부여를 피했을 때, 그는 『추운 나라』를 평가 절하한 것이 아니라 특별한 책에 대해 작가가 할 수 있는 언급의 범위를 잘 알았던 것뿐이다. 그건 별로 거짓 겸손이 아니었다. 이 책이 출간 후 육십 년 동안 밟아 나갈 경로는 확실히 그가 꿈에도 예상할 수 있는 범위가 아니었기 때문이다. 『추운 나라』는 영국 베스트셀러를 넘어 곧 국제적인 베스트셀러가 되었고 영국추리작가협회상(대거상)과 미국추리작가협회상(에드거상)을 다 받았다. 두 상을 석권한 건 이 소설이 처음이다. 그레이엄 그린은 "내가 읽은 최고의 스파이 소설"이라고 찬양했다. 그 뒤 모든 판본의 표지를 장식하게 될 이 찬사는 원로 작가 J. B. 프리스틀리의 찬사("최고의 구성, 차가운 지옥의 분위기")와 함께 당대의 흥분을 간직하고 있다. 1965년에는 리처드 버튼 주연으로 훌륭하게 영화화되었다. 르카레는 이 소설 이후 십 년 동안 가벼운 슬럼프를 겪는데, 『추운 나라』의 상업적 성공이 그처럼 인상적이지 않았다면 작가로서 살아남지 못했을 수도 있다.

20세기가 끝나갈 무렵 『추운 나라』는 작가의 대표작이라든가 장르의 최고 걸작이라는 식의 통상적인 인정을 넘어선다. 백 년간의 걸작 문학을 뽑는 여러 리스트에 『추운 나라』가 단골로 등장하게 된 것이다. 냉전의 종식은 이 책의 운명에 별 영향을 미치지 못한 듯 보인다. 2005년 영국추리작가협회는 지난 오십 년간의 수상작 중 역대 최고상(대거 오브 대거스)을 『추운 나라』에 주었다. 지금 우리는 르카레를 장르 소설가라기보다 그것을 초월한, 일종의 순문학 작가로 보는 경향이 있다. 여기에는 역설이 있다. 대표작 『추운 나라』는 그의 책 중 가장 스트레이트한 스파이 소설에 속하기 때문이다. 르카레는 부커상 등의 기성 문학상이 자신의 책을 후보에 올리는 것을 거절해 왔다. 그러나 그가 더 오래 살았다면 아마 조금 더 큰 영예를 누리는 일도 아주 불가능하지는 않았을 것이다.

2008년 미국 대통령 후보 경선에 뛰어든 신진 정치인 오바마는 이 소설이 애독서라고 밝혔다. 극히 신중한 정치인이 자기가 바보가 아니라는 것과 듣는 사람도 바보가 아니라는 것을 알리기 위해 고른 책이『추운 나라』인 것인데, 이쯤에서 우리는 르카레의 상승의 비밀이 뭔지 말할 수 있을 것 같다. 그것은 초기의 장르 소설과 후기의 문학적인 소설이 상호 보증하면서 양자가 점진적으로 더 많은 신용을 획득하는 식으로 이루어진 것이다. 그리고 여기에서 '순수함'을 보증하는 쪽, 즉 더 많은 보증의 책임을 진 쪽은 초기의 소설『추운 나라』이다. 그 이유는 단순한데, 이 책이 많은 사람들의 어린 시절의 기억과 얽혀 있다는 데 있다.

추운 나라

cold는 여러 뜻을 가진 형용사이다. 춥다, 차갑다 말고도 은퇴했다, 현업에서 떠났다는 뜻도 있고, 길을 잃었다, 준비가 되지 않았다는 뜻도 있다. '워밍업' 할 때 그 warm의 반대편 의미로 말이다. 이런 용법은 컴퓨터를 전원이 꺼진 상태에서 처음부터 다시 켜는 '콜드 부팅'에서도 찾아볼 수 있다.

원어가 중의적이더라도 번역은 선택을 해야 한다.『추운 나라』는 cold의 가장 익숙한 뜻 '춥다'를 택한 번역이다.

이런 선택의 강점은 일차적인 뜻이 파생시키는 여러 의미들을 가장 많이 붙들어 올 수 있다는 것이다. 차가움-냉혹-냉전으로 이어지는 의미의 연쇄는 이 소설이 냉전의 절정기에 등장했다는 시간적 맥락을 부여한다.

'추운'에 '나라'를 붙인 건 일본인들이다. 배후에 동화적인 상상력이 없었다고 할 수는 없을 것이다. 이 번역에는 요즘 갈수록 보기 힘들어지는 확신과 성실성이 있다. the cold를 '추운 것'이나 '추운 곳' 등으로 대충 옮기지 않고 책임지고 완성을 보려고 한 것이다. '나라'의 추가는 스파이에게 국제적인 임무를 기대하는 독자들, 특히 스파이라는 말 자체를 외국어로 수입한 동양의 독자들의 상상에 부합했다. 1964년 출간 이래 일본어판은 『추운 나라에서 돌아온 스파이(寒い国から帰ってきたスパイ)』라는 제목 그대로이다. 정식 판본 단 하나가 그때부터 지금까지 유통되는 것이라 변경이 없다.

한국의 경우 이 책은 저작권 협약 가입 전의 해외 베스트셀러답게 여러 판본이 있다. 1965년 양병탁(휘문출판사)의 번역은 『비정 지대』라는 제목이었다. 원제와 동떨어졌다고 할 수는 없다. cold를 감정으로 해석한 게 독특한 점이다. 제목으로써 한국이 이 책에 독자적으로 기여한 것은 이게 처음이자 마지막이다. 이미 같은 해 장왕록/심명호(세흥

문화사)는 『추운 나라』를 사용했고, 1974년 현재훈(하서출판사)의 번역 이후 한국어판 제목은 『추운 나라』를 벗어나지 않게 되었다.

『추운 나라』는 원제의 함의 이상으로 국제성을 강조하고 냉전에 집중한 제목처럼 보인다. 그러나 반공주의적인 제목은 아니다. 주인공의 이동 경로와 제목의 시제를 고려하면 '추운 나라'가 공산 국가를 뜻하기는 어렵기 때문이다. '나라'가 지리적 비유가 될 수 없는 이상 『추운 나라』는 결국 막연한 분위기를 지시할 뿐인 제목임이 밝혀진다. 그러나 이것이 제목으로서 불리한 점이 되는 것은 아니다.

추운 곳

the cold라는 어구는 소설 초반 주인공 리머스와 상관 컨트롤의 두 번의 면담 중에 나온다. 컨트롤은 말한다. "사람이 영원히 추운 곳에만 있을 수는 없지 않겠나?"

리머스는 이런 식의 떠보는 대화를 싫어한다. 설명을 요구하자 컨트롤은 비열하게도 방금 했던 말과 정반대되는 속마음을 드러낸다. "내 말은 자네가 추운 곳에 조금만 더 머물러 줬으면 하는 것일세." 여기에서 '추운 곳'은 따뜻한 실내(본부)와 반대되는 곳, 바깥에서 외근을 도는 신세를 가리키는 말로 짐작된다. 다음번 면담에서 컨트롤은 이렇게 말한다. "이것이 자네의 마지막 임무일세. 그러고 나면 자네는 추운 곳에서 돌아올 수 있게 되는 거지." 리머스의 안락한 은퇴를 보장하겠다는 이 말에서 추운 곳은 고생스러운 정보부 업무 또는 직장 생활 자체를 가리키는 말이 된 듯하다. 컨트롤은 다시 말의 의미를 바꾸고 있다. 물론 그래도 된다. 어차피 이건 비유에 불과한 것이니 말이다. 이쯤에서 독자들은 리머스가 노동자 계급 출신이라서 이런 소리를 듣는 것인지 궁금해지게 된다.

원제가 컨트롤의 대사에서 비롯된 것은 의심의 여지가 없다. 그렇다면 '추운 곳'은 왜 제목으로 채택되지 못했는가? 육십 년 전 일본 출판 관계자의 주관적 동기를 알 수는 없다. 그러나 '추운 곳'의 약점은 분명하다. 본문에서 the cold의 뜻이 해명되지 않기 때문이다.(대부분의 모호한 제목들은 본문 속에서는 어떤 뜻인지 밝혀진다.) 이래서는 애초에 정확성으로 다투지 않는 '추운 나라'와 경쟁이 되지 않는다.

왜 뜻이 해명되지 않는가? 컨트롤이 알려 줄 마음이 없기 때문이다. 그의 목적은 가능한 한 the cold라는 말의 편리함을 유지하는 것이고, 그 편리함은 모호함에서 나온다. 지금 그가 행하는 것은 '설득과 약속'인데, 리머스의 동의를 받아 낼 수만 있다면 the cold가 무슨 뜻으로 받아들여지든 컨트롤로서는 아무래도 좋은 것이다.

컨트롤 덕분에 우리는 리머스의 직업적 상황이라는 주제에 눈을 돌리게 된다. 그때 떠오르는 또 하나의 번역이 서두에 적었던 '현업에 복귀한 스파이'이다.

현업 복귀

'현업에서 떠나 있다'는 앞에 열거했던 cold의 여러 뜻 속에 들어 있던 것이다. 여기에 '돌아오다'를 붙이면 '현업에(서 떠났다가) 복귀한 스파이'라는 제목이 얻어진다. 흥미로운 점은 컨트롤과 리머스의 면담에서 암시된 의미인 '외근, 바깥에서의 고생, 또는 직업 그 자체로부터의 해방'과 정반대의 뜻이 되었다는 것이다.

'현업에 복귀한 스파이'는 '추운 나라'의 익숙함에서 너무 멀리 떨어지기는 했지만, 타당성이 없지 않은 제목이다. 영어에도 있는 뜻이고 내용과도 어긋나지 않는다. 리머스가 조직을 떠난 건 사실이다. '복귀'한 것도 사실이다. 이 복귀의 시점은 독자마다 조금씩 다르게 잡을 수도 있을 것이다. 물론 독자에 따라서는 리머스가 책 전체에서 작전 중이기 때문에 퇴직과 복귀라는 게 발생하지 않았다고 주장할 수도 있다. 이 말도 이해한다. 그러나 그렇다고 제목을 그렇게 쓸 수 없는 건 아니다.

'추운 나라'가 실질적인 무엇을 의미하기보다 분위기에 치중한 제목이었다면, '현업에 복귀한 스파이'에는 그에 없는 안정감이 있다. 뭘 가리키는지 모호하지 않다. 읽기에 도움이 되는 면도 있는 것 같다. 독자는 리머스의 어려움과 위험을 누구의 탓으로 돌리는 데 관심을 갖기보다, 각 상황에서 그의 생각과 감정에 좀 더 집중할 것 같기 때문이다.

아쉽게도 '현업 복귀'에 아무리 장점이 많다 한들 지금에 와서 '추운 나라'를 제목에서 떼어 버린다는 것은 매우 어려운 일이 아닐까 한다. 냉전 시대의 대표 소설이라는 자리를 스스로 걷어차는 꼴이기 때문이다. 어떤 소설도 제목의 정확성을 위해 굳이 그런 희생을 할 필요는 없는 것이다. 제목의 매력 면에서도 '현업 복귀'는 '추운 나라'에 상대가 되지 않는다. 사실 소설 제목 같아 보이지가 않는다.

그러나 그 이상함 때문에 우리는 묻게 된다. 복귀했다는 게 왜 중요한가? 은퇴와 복직은 르카레의 전 작품에서 하나의 상수로 존재하는 주제이기 때문에 오히려 이런 강조가 새삼스러운 느낌을 준다. 핵심은 리머스의 마지막 행위가 훈련된 조직원의 반응이 아니라는 것이다. 그는 잠깐 쉬느라 몸이 굳었고, 정신이 해이해졌다. 아직 이 책을 접하지 않은 분들을 위해 더 이상 줄거리를 언급하지는 않겠다. 이 책은 인간이 공백기를 갖는다는 것, 정신이 해이해진다는 것에 얼마나 중대한 의미가 있는지에 관한 소설이다. 그가 계속 조직에 있었다면 아무렇지도 않게 해치웠을 일들이 있었다. 하지만 잠깐 인간으로 돌아온 뒤 그건 불가능한 일이 된다. 르카레는 말한다. 인간은 뜻하지 않게 서툴러진다. 그런데 그건 결함이라기보다 안전장치인 것이다.

결국 『추운 나라』라는 번역 제목에 대한 소소한 논의는 작품의 주제에 대한 이야기로 흘러가게 된다. 발표 당시 『추운 나라』는 비도덕적인 조직과 그에 철저히 농락당하는 사람들에 관한 이야기로 받아들여졌다. 그러나 단지 그 얘기뿐이었다면 이 소설의 긴 여행은 꽤 오래전에 멈추었을 것이다. 세월이 흘러 거기에는 우리가 회피하고 싶은 질문에 대신 답하는 존재, 리머스라는 불멸의 인물이 있다는 것이 분명해졌다. 우리가 생각처럼 간단히 비인간화되지 않는 존재이며 늘 제자리로 돌아갈 수 있는 무수한 계기가 주어져 있다는 건 희망을 준다기보다는 두려운 이야기이다. 그 계기가 존재하는 한, 인간은 더 이상 타인과 조직에 책임 전가를 할 수 없고 자기 행위를 온전히 책임져야 한다. 물론 이것은 가능한 해석 중 하나일 뿐 다르게 보고 싶은 사람도 있을 것이다.

르카레의 윤리학을 응용하자면, 우리는 의식적으로도

서툴고 생경해질 필요가 있는 것 같다. 인간이기를 유지하기 위해서만은 아니다. 조직에도 필요한 일이다. 숙련자와 동조자에만 익숙한 조직은 이미 병든 것이기 때문이다.

감사의 말

감사할 사람이 많지만 그중 제일 앞에 와야 할 사람은 한겨레 김지훈 기자이다. 면식도 없던 나를 칼럼 필자로 추천한 게 그이기 때문이다. 그가 무엇 때문에 그런 일을 벌였는지는 여전히 추측의 영역일 뿐이다. 내가 그의 입장이었다면, 알지도 못하고 집필 경험도 없는 사람을 과연 고정란에 추천할 수 있을지 나는 가끔 생각해 보고는 했다. 그 뒤 그가 너무 난처하거나 실망하지 않았기를 바란다.

일반적인 칼럼에 잘 부합한다고 보기 어려운 글들을 지금까지 사 년 넘도록 수정 없이 실어 주고 있는 한겨레의 비상한 관대함에 감사드린다. 격려해 주신 김은형 기자, 이유진 기자 두 분에게도 감사드린다. 꼬박꼬박 마감을 챙겨 주신 김소윤 과장에게도 감사드린다.

칼럼을 본 뒤 연락을 해 오고, 출간을 제안하고, 결국 이 책의 편집에까지 나서 주신 민음사의 신새벽 차장에게 감사드린다. 그녀의 지성과 호의가 부디 상응하는 보답을 받기를 바란다.

신문사에 송고하기 전, 원고를 읽고 의견을 말해 주는 곤욕을 치르고는 했던 편집자 동료 김수연 씨, 박지혜 씨에게 감사드린다. 생각 못했던 또는 생각하고 있던 문제들을 지적해 주어 도움을 많이 받았다.

업계인이자 철학자로서 늘 격려해 주신 강민혁 본부장에게 감사드린다.

제사에 인용한 폴 사이먼 가사 번역을 도와주신 이경준 평론가에게 감사드린다.

분에 넘치는 추천의 말을 써 주신 장강명 작가에게 감사드린다.

내게 편집자가 될 기회를 주고 편집의 기본을 가르쳐 주신 열린책들의 홍지웅 대표에게 감사드린다.

출간을 허락해 주신 민음사의 박상준 대표에게 감사드린다. 아주 어렸을 때 집에서 본 한수산 『부초』의 세로쓰기 초판 표지가 어떤 중요한 사진처럼 기억에 새겨져 있다. 그런 출판사에서 책을 내게 되니 묘한 기분이 된다. 물론 너무나 기쁘다.

매달 초고를 읽고 이런 걸 도대체 왜 쓴 거냐고 늘 무자비하게 말해 준 아내에게 감사한다. 그렇게 나락으로 떨어뜨려 준 덕분에 더 걱정하지 않을 수 있었다. 그 도움이 없었다면 내가 지금 뭘 하고 있는지 모르게 되었을 것이고 연재를 지속하기도 어려웠을 것이다.

글과 책을 대단한 무엇으로 생각하시는 어머니가 이 책을 보고 기뻐하시면 좋겠다. 늘 잘 읽고 있다고 쾌활하게 말해 준 훈이와 현이에게 감사한다. 그 밖에 여기에서 일일이 언급하지 못한 분들에게 고마움과 우정을 전한다.

　　　　　감사의 말

가상 인터뷰: 한겨레 2021년 12월 3일

가족 대여 서비스: 한겨레 2021년 11월 5일

가짜 도스토옙스키: 한겨레 2021년 6월 19일

걸레 접기의 기술: 한겨레 2021년 8월 13일

게오르크의 아들: 한겨레 2019년 3월 29일

겨울 이야기: 한겨레 2020년 2월 15일

고전이란 무엇인가: 한겨레 2022년 9월 9일

골방의 관리자: 한겨레 2019년 11월 16일

균형 맞추기: 한겨레 2020년 11월 28일

나와 같은 생각: 한겨레 2021년 10월 8일

노인과 철학 이야기: 한겨레 2020년 9월 26일

닉 드레이크의 보상 없는 삶: 한겨레 2019년 12월 14일

단순작업: 한겨레 2021년 9월 10일

더 두려운 일: 한겨레 2021년 12월 29일

라디오 드라마: 한겨레 2023년 2월 17일

마다가스카르 계획: 한겨레 2020년 3월 14일

마르틴손 사건: 한겨레 2019년 9월 21일

무수한 불행과 하나의 행복 사이에서: 한겨레 2018년 9월 7일

문자가 주는 자유: 한겨레 2022년 10월 6일

문학을 하려는 유혹: 한겨레 2020년 1월 11일

보이지 않는 토끼: 한겨레 2022년 12월 23일

비밀과 외국어: 한겨레 2021년 2월 27일

비트겐슈타인 또는 내면이 없는 삶: 한겨레 2018년 7월 6일

서부극 이야기: 한겨레 2019년 7월 20일

소설이 왜 필요할까: 한겨레 2020년 7월 4일

스케치북: 한겨레 2022년 6월 17일

실버뷰: 중앙선데이 2023년 2월 18일(「아들이 완성한 마지막 스파이 소설」)

11월: 한겨레 2022년 11월 25일

아홉 개의 빈방: 한겨레 2021년 3월 27일

슈레버 사건: 미스테리아 45호 2023년 2월(「안락의자 탐정의 편집증 탐구: 지크
    문트 프로이트의 『편집증 환자 슈레버』」)

어떤 배신: 한겨레 2021년 1월 23일

업계인과 데이비드 보위: 한겨레 2019년 5월 25일

영국에서 일어난 유쾌한 사건: 한겨레 2020년 5월 16일

완전한 소모: 한겨레 2022년 10월 28일

욕망의 리스트: 한겨레 2020년 8월 29일

윌리엄 트레버적인 것: 악스트 2020년 7/8월호(「윌리엄 트레버」)

윤리는 어떻게 가능한가: 한겨레 2020년 8월 1일

자유의 조건: 한겨레 2022년 3월 25일

잘 붙잡아 둔 배움: 한겨레 2020년 4월 11일

잠깐 쉬는 바람에: 한겨레 2023년 4월 14일

저자 약력의 의미: 한겨레 2019년 8월 17일

적이 없는 세계에서: 한겨레 2019년 10월 19일

전쟁 극장: 한겨레 2022년 4월 22일

전지적 작가: 한겨레 2020년 10월 31일

지하철의 빈자리: 한겨레 2020년 6월 13일. 이도영, 『언어력』(창비교육, 2021)
    에 재수록.

진리를 모른다: 한겨레 2022년 2월 25일

찬사의 가치: 한겨레 2021년 5월 22일

책상의 넓이: 한겨레 2021년 7월 17일

책 읽는 노동자: 한겨레 2022년 1월 28일

챗지피티: 한겨레 2023년 1월 20일

타자가 들어온 방에서: 한겨레 2019년 4월 27일

파란 셔츠에 빨간 스카프: 한겨레 2018년 8월 9일

뽀툠킨: 한겨레 2020년 12월 26일

폴린 케일, 어느 비평가의 초상: 한겨레 2019년 6월 22일

현실감: 한겨레 2022년 8월 11일

환상을 팝니다: 한편 3호 '환상' 2020년 9월호

히틀러라는 딱지: 한겨레 2022년 5월 20일

찾아보기

작가, 업계인,
철학자, 스파이

1판 1쇄 찍음 2023년 5월 12일
1판 1쇄 펴냄 2023년 5월 19일

지은이 김영준
발행인 박근섭, 박상준
펴낸곳 ㈜민음사

출판등록 1966. 5. 19 (제16-490호)
서울특별시 강남구 도산대로1길 62(신사동) 강남출판문화센터 5층
대표전화 02-515-2000
팩시밀리 02-515-2007

ⓒ 김영준, 2023. Printed in Seoul, Korea
ISBN 978-89-374-1721-4 03810

* 잘못 만들어진 책은 구입처에서 교환해 드립니다.